Heni
yitian
yongyi

love you

FLORET
READING

小花阅读

我们只写有爱的故事

青春阅读　幸得相见

大鱼

有爱的青春陪伴者

那年秋天，

我遇到了一个小姑娘。

我什么都没想，

只想好好陪着她。

和你一甜永逸

Heni yitian yongyi

灼灼不停 著

ZHUOZHUO BUTING

中国致公出版社

灼灼不停

ZHUOZHUOBUTING

郎骑竹马来，绕床弄青梅。

脑洞极大，天马行空，爱做“手账”、写随笔、记白日梦。

这辈子最大的梦想是：有钱、有闲、有书写。

生活明朗，万物可爱，

致力于写小甜文一百年的野生作者。

ZUOZHEJIANJIE

前言

2019 年的夏季热到与太阳肩并肩，大有“烈日炎炎似火烧”的惨烈局面，而我的日常就是在现实的压迫下（其实是心疼钱），每天自觉地赶往驾校等人等车压马路。

等车空隙，就坐在有空调和没空调差不多的待考区，一边流汗一边在手机备忘录上写男女主角的感情线。

2017 年的夏季，我从高中毕业，那时远没有现在这么热，高三每天不情不愿地爬起来洗把脸抓着书包就往学校跑。我属于精准地踩着早自习的第二道铃声奔赴教室的那一批人，偶尔碰到同班同学，他们一看到我就两眼一黑，心想完了，要迟到。

两位教导主任杵大门口，每天雷打不动虎视眈眈地瞪着我们这些迟到的。

年纪小不懂事，第一次我面红耳赤，无比尴尬地拔腿就往前冲。

那一瞬间，我暗暗发誓，明天我一定早十分钟起床。

一个月后，我就习惯了。

尊严给睡觉递茶让步。

但是进得了大门进不了班级，所以我尽量把时间控制在迟到一分钟之内，做到在班主任来班查前完美回归座位。

有次我爸送我时，堵在了一个前后大约有十几辆车的十字路口，那时距离早自习开始还剩下五分钟，我一咬牙背着书包下车从后面绕过去，心里连给班主任解释的迟到理由都打好了腹稿。然后我就在队伍的末尾瞅见了班主任的车，他从车里伸出脑袋，忧心忡忡地问我前面是不是出什么事了，为什么这么多车不走？

巧了，他也堵这儿了。

那我跑回班上时，他肯定没到。

那一瞬间，我比海绵宝宝抓着杆子说出那句“派大星，我们去抓水母吧”还要来得开心。

所以说，高中的快乐，有时候就仅仅只是这些小事而已。

时长三小时的晚自习坐在堆满试卷、《五三》、文综讲义的狭小桌子前，接过前后左右桌递来的辣条、薯片，做题做累了就和别人聊人生、聊理想、聊未来家庭感情观（我也不知道那时我一个没谈过恋爱的为何热衷于讨论如何教育子女的话题），然后回到家继续挑灯夜战，睡觉前刷一刷爱豆的微博给自己洗脑：未来几十天熬过去了，他就是你一人的。

事实证明，熬过去了，他也不是你的。

兵荒马乱，真实枯燥，偶尔夹杂着一些谁与谁在一起了、谁与谁分手了的八卦。高考动员大会的时候，我发誓这辈子最不想经历的就是高三，不想做文综试卷，不想写数学题目，不想看见扎心的成绩排名表。

在那么多不想之后，我的高中生涯终于在交上最后一张英语试卷后彻底落幕。

那时候觉得无聊平静的生活，我在两年后的今天回忆起来，其实还是发生了很多有趣又深刻的往事。这些往事拼凑成了这本书的片段，也拼凑成了我大半个青春。

我所理解的感情，就是相爱的两个人为彼此迁就、为彼此改变，朝着心底的目标毫不退缩地大步向前，他不曾放开你的手，你也绝不会撇弃对他的执念。

所以苏以沫和盛意这对主角，在幼时初遇，盛意虽懵懂，却隐隐发誓要学好小提琴在喜欢的人面前演奏；在十七岁时两人重逢，他咬着煎饼果子，毫不客气地丢掉熊孩子的皮球；在毕业后相爱，永远不会离开她，目光所至，只此一人。

一切都是刚刚好，苏以沫这样有点漠然、有点自卑、有点不知所措的女生，如果不曾遇见嘴毒、跳脱的盛意，又或者在当初他被诬陷作弊时就放弃了他，她会怎么样？

她也不会怎么样，学习优异，找到一份平淡安稳的工作，除了失去一个此生最重要的人之外，好像也没什么狗血残酷的事情发生。

但好在她骨子里是他人无法撼动的坚持，她对盛意说："我永远相信你，一如你相信我。"

其实单论感情来说，苏以沫要比盛意更爱对方，虽然她从不表达，情话也只有在喝醉之后才会说出口，但那个英俊少年却会死不要脸地出现在她的身旁，告诉她尽管大胆地朝前走，全世界加在一起也没你一人可爱。

这些细碎温暖的过往给了她希望和前进的理由，就算是情侣间偶尔的争吵冷战，也从未想过放开彼此的手。

“我爱你，以前是喜欢，现在是爱。我爱你，非常非常爱，以后也会越来越爱。”

故事的最后，苏以沫第一次在清醒状态下认真而又虔诚地告诉盛意。

这是个非常温暖的小甜文，有遗憾，有悲伤，有欢笑，有永不泯灭的光。

希望看到这篇文的读者，要开心，要幸福，要迎难而上。

得偿所愿，平安喜乐，归来仍是少年。

灼灼不停

目 录 / contents

目录 / contents

第一章

chapter 01

我做人，真的，全靠心情

01

市一中十年如一日的传统，便是在高二文理分科前来一场声势浩大的分班考试。

目的无非就一个：挑选出成绩拔尖的凑一块共同进步，名次垫底的凑一块集中矫正。势必打破去年本科达线率，再创教育上的辉煌。

总而言之，能进文理实验班，就相当于是拥有市一中最丰富的教学资源和最先进的设施，四舍五入等于一脚迈入重点大学的大门。

因此分班考试对于他们来说不亚于一场小高考，学生们使出浑身解数熬夜突击，恨不得去黑了教务系统在第一页打上自己的大名。难得闲暇片刻，自然有好奇的学生去猜这文理实验班的第一名究竟花落谁家。

文科第一名不用猜，铁定是那漂亮又多才的校花陶子苒。

而这理科第一名，有人说是薄简晨，有人说是苏以沫。这两人之前成绩咬得紧，第一的位置几乎是轮着坐，至今也没分个胜负。

所有人都眼巴巴等成绩出来一探究竟，好不容易那白花花的纸往布告栏上一贴。头一位果然还是被薄简晨给摘了去，可往下看到底也没在实验班的名单里瞧见苏以沫的名字，硬生生翻了好几页纸，才在那倒数的理科 2 班瞅见了熟悉的名字。

众人倒吸一口凉气。

亲娘啊，这什么情况？

02

清晨，苏以沫抱着煎饼果子埋头往公交站台赶去。

她算是幸运，前脚刚踏上去，她要坐的那辆车就朝着她驶过来。

待她上车往里面走了几步，环顾一圈也只有最后一排有个空位。旁边坐着个男生，也穿着市一中的蓝白校服，双手抱胸，将头埋在手臂里补眠。

苏以沫边念着“借过”二字，边小心翼翼地挪了过去。

他那边的车窗大开，扑面而来的风把她本就凌乱的长发吹得跟个疯子一样。她歪着头很没精神地盯着手里的煎饼果子，大脑处于待机状态，一不留神就与前排黑不溜秋的小胖孩对上了眼。

她暗想不好，下一秒那小胖孩就将手里的皮球毫不客气地砸在她的肩上。球一弹又被他紧紧抱在怀中，两只绿豆般的眼睛幸灾乐祸地打量苏以沫。

皮球是充气的，打着也不疼，苏以沫本来没想计较，可那小胖孩估摸着是看苏以沫好欺负，又连续砸了她好几下，一副你奈我何的模样。

坐旁边的家长看了一眼，轻飘飘数落了一句，又和前面的继续说她家考上公务员的儿子如何如何。

苏以沫拧眉，忍不住开口：“小朋友，这样是不对的。”

她嗓音天生带着一点娃娃音，即便是故作生气，说出来的话也一点威慑力都没有。熊孩子果然不买账，又准备把球往她身上抛。

司机此时猛地转了个弯，球往旁边偏过去，冷不丁砸在一旁的男生头顶。

几乎是瞬间，那男生嘶了一声，不悦地抬起头。

那是一张找不出瑕疵的漂亮脸颊，挺翘的鼻梁，眼角微微下垂，近乎纯黑的双眸带雾，透着一丝淡淡的痞气。

她下意识地往旁边挪了挪。

"哪个祖宗砸的？"

胖小孩家长依旧在高谈阔论，男生冷笑，瞥了眼还没他一半高的熊孩子，手一伸从那孩子怀中将皮球夺过来，顺手就从窗户丢出去了。

干脆利落，没有半点犹豫。

熊孩子呆呆地保持抱着球的动作，男生揉揉发酸的肩膀将书包一钩，松松垮垮地挂在手臂上，从里面拿出一袋同款煎饼果子，慢条斯理地啃起来。

苏以沫揉了揉眉心。

三秒钟后，惊天地泣鬼神的哭喊从前排传来，那家长这才凑过来，将自家孩子往怀里一抱，立马不乐意地对男生大叫："你怎么回事，有没有天理了，一高个大小伙还欺负上小孩子了啊？"

男生一脸冷清，看了眼满脸褶子的女人，一字一句道："你再说一句话，信不信我把这小胖子跟他那破球一样扔出去。"

女人愣了愣，这明显惹不得的少年又轻飘飘地丢出一句话——

"我做人，真的，全靠心情。"

女人立刻不说话了，只得瞪他一眼，抱着哭得满脸鼻涕泡的熊孩子下了车。

男生这才又专心致志地啃完最后几口。叽叽喳喳的议论弥漫在苏以沫的耳边，她有些尴尬地低头，攥着发冷的煎饼果子没敢动。

这男生看上去好凶啊。

男生突然戳了下她的肩膀。

“有纸巾吗？”

苏以沫二话没说，从书包里飞快掏出一小包纸甩给他。

盛意努努嘴，一个“谢”字刚从嘴里蹦出来，公交就是一个急刹。苏以沫坐得规矩，只是稍微往前倾了倾。身旁此人就比较惨，整个脑袋直接哐当撞上前排的椅背。

“今天出门没看皇历，不是遇到熊孩子，就是碰上无良司机。”

他揉着脑门，前面司机回头扯着脖子喊了一句：“车出问题走不了了，只得等接替的公交车过来，要下车的现在赶紧下！”

男生龇牙揉了半天，刚刚抬头，只见身旁那瘦小的身影一溜烟就没了影。

他又狠狠揉了下脑门好笑地说：“哎哟，我去！咱大一中的跑得都挺快的嘛。”随意瞥了眼自己的手表，指针正欢快地指向了七点四十五分。

学校大门七点五十分关闭。

他一个激灵起身，叼着剩下的塑料袋子就从后门蹿了出去。

03

高二的教导主任邢胜利，江湖人称“老邢”——此刻挺着个大肚子杵在门口虎视眈眈地盯着。

被他抓到的下场无非两种：一是必须带真情实感的检讨，二是必须带真情实感的检讨外加半小时以上的批评教育。

苏以沫咬咬牙，两手抓着书包带子硬着头皮大步往前“送死”。

她还没走两步，就有人把她的书包带子往后一提。苏以沫一愣，回头看到那张熟悉的脸庞，她莫名其妙道：“你干吗？”

盛意压着声儿说：“嘘，今天老邢值班，被抓了就是三千字检讨起步价不带还价的那种。”

说完露出一个灿烂的笑容，眼眸像是湖水落满了星星。

“算你今天碰见我走运，哥带你换个进去的路子。”

所谓进去的路子，就是大门不远处那一面在底下垫了好几块石头的墙。

墙的最上面不知为何破了个口子，被学生们亲切地称为“破烂墙”。

苏以沫也不知是不是真的脑袋抽了，居然乖乖跟着男生去那儿，老远就见一具壮硕的身体稳当地挂在上面。

一旁站着个女孩，剪着垂到肩膀的碎发，嚼着口香糖无语地望着上面那人。

“周颜，你杵那儿 COS 忍者神龟呢？”

见男生来了，那女孩指了指上面没好气地说：“盛意，你的人，你自己解决。”

“盛哥，我听到我盛哥声音了，快救救你兄弟！”

周颜屁股对着他们，此时疯狂地扭着身子：“我闪着腰了，沈清乖这厮整一坏水！就站旁边瞅着说风凉话也不来帮个忙。”

沈清乖朝他吼：“你以为你这一百多斤肉是长着搞笑的吗？我能把你弄下去，我直接去参加举重比赛得了！”

她头稍偏，瞅见盛意身后那小小的身影，嘴角勾起一丝笑意：“你把哪个小可爱给拐来了？”

苏以沫长着一张小圆脸，眼睛大大的，一副人畜无害的样子让沈清乖对她的第一印象很好。

盛意低头看苏以沫一眼，这才如同想起了什么，拽着她的书包带子将她一把拉到前面：“隆重介绍一下，咱市一中的同学，叫——”

他卡了一下，低头问苏以沫：“噢，还没问你叫什么？”

苏以沫默默将书包带子从他手中抽出来，温暾地说：“你好，我是高二年级的苏以沫。”

“哟，名字挺好听的嘛。”盛意嬉皮笑脸的，故意将尾音拖得老长。

沈清乖眉头一挑，这名字她倒是不陌生。

“小可爱你好，我叫沈清乖，上面那蠢货叫周颜，也是高二的。”沈清乖眼睛笑成一条缝，语气比刚刚对周颜好了不止一星半点。

细长的丹凤眼，全身上下透着一股凌厉的美。

“我说你们几位祖宗别忙着认亲戚了，先把爷爷我给拉下来。老邢最喜欢乱转，我告诉你们我要是栽了，你们几个也跑不掉！”

周颜叫得撕心裂肺，盛意把书包一丢，熟络地一脚踩上石头，手一伸拍他那屁股上：“你再给我叫一个，老邢就真的过来了。”

周颜闭嘴了，但又忍不住低声说：“盛哥，救命啊。”

盛意咧嘴一笑：“那你准备好啊。”随后往后挪了几步到边缘，抬脚狠狠地朝着那屁股踹去。

伴随着一阵尖叫，周颜几乎是四仰八叉倒在了地上，一边叫唤，一边指着隔面墙的盛意：“行，够狠，差点就把爷爷踹残废了！”

沈清乖笑得肚子疼。

盛意完全无视对方的不满，转身拍了拍苏以沫的头：“小姑娘，您先请？”

苏以沫有些不悦地打掉他的手。

盛意看她那别扭样乐了，弯腰贱兮兮地说：“怎么着，怕长不高啊？我和你说啊，一般人的发育也就终止在十八岁了。你今年……嗯，估计这辈子可能都没戏了。”

说着，他还故意伸手比了比，苏以沫不偏不倚，正好到他胸口。

沈清乖“哎”了声：“你别欺负人家啊。”

“我哪里欺负她了？”

是没欺负，就是嘴巴毒了点，苏以沫小脸透着粉红，一下子说不出话来。

她正要发作，沈清乖像是看见了什么，脸色一变，丢了句“不好，好像是老邢来了”，撒腿就跑。

盛意反应也快，一把抓住苏以沫的手，不由分说地往大门口玩命地奔，唯独留下伤残人员周颜趴在草堆里干瞪眼。

“干吗往大门跑？”苏以沫盯着那紧握的手，一脸蒙。

“小姑娘是不是傻，老邢往这里来，学校大门就没人守着了，此时不溜更待何时。”

“……”

十分钟之后教导处，邢胜利握着杯刚泡的热茶，沉着脸盯着面前四个。

一个低着头，一看就是乖巧到不行的好学生，剩下三个昂首挺胸，一副“你说的话都对，但我下次还犯”的不屈表情。

这几人怎么凑一起去了？

“眼神够可以的啊，不是说老邢往破烂墙去了吗？哥几个豁出命跑到大门口正好就撞他枪口上了。”盛意站得松松垮垮，压低声音对沈清乖说。

“我这不是一着急看错了吗？下次注意，下次注意。”

“活该，患难见真情，看到老邢来了丢下爷爷就跑，还是不是兄弟了。”周颜一手扶腰，本来他还可以躺在草地装死，被盛意一个全交代又给坑到这儿。

“吵什么吵，半只脚踏进高考的人，一点时间观念都没有。”邢胜利恨铁不成钢，大手一挥，难得放他们回班，“开学第一天，下不为例。”

苏以沫弯腰道谢，转身就走。

周颜还在和沈清乖拌嘴，盛意迈着长腿追上她，将脸凑过去。

“小姑娘，我们这也算是缘分，那什么，交个朋友呗。”

苏以沫眼皮都不抬，淡淡回了一句：“我们不熟。”

这人怕是她的灾星。

第一次见，不是遇见熊孩子就是车出故障，如今还被教导主任抓来挨训。

看来以后碰见这人一定要绕着走，躲得远远的，再也不要有任何交集。

盛意歪着头笑：“都一起进过教导处了，还这么见外，欸，你走慢点别摔着……不带这样啊，我可是怕你被批才好心带你翻墙的，都怪周颜哪天不卡，非要今天卡那儿，怨不得我。”

苏以沫不想和他说话，低头抓着书包带子一口气跑远了。

盛意也没再追，在后面对着她喊：“小姑娘，我叫盛意，盛意以江河的盛意，你可得记住了，千万别忘啊！”

苏以沫跑得更快了。

沈清乖从后面一拍他肩膀："你不认识她？"

盛意笑意未退："我应该认识？"

沈清乖突然想起这家伙懒到连分班表还是自己帮忙看的，于是无奈地摆摆手："没关系，你很快就能认识了。"

八点刚过十分，苏以沫进理科 2 班的时候，班主任还没来，里面闹哄哄一片。

有人看见她，拽了拽身旁人说："我还以为是玩笑，没想到苏以沫居然真沦落到这班来了。"

"听说是最后两场考试没来考。"

"那我们班的平均分岂不是能往上靠一靠？"

苏以沫装作没听见的样子，随便找了个前排空位坐下。她刚放下书包，门口又传来阵阵嬉笑。

她握着书的手"啪嗒"一下松个彻底。

盛意那张出众的脸短短几分钟又出现在她的面前，他嚼着从沈清乖那里抢来的口香糖，漫不经心地走到她桌前，伸手敲了敲。

"哟，小姑娘，这么巧？"

04

"不巧。"

苏以沫弯腰将书捡起来，语气里刻意带着一股子疏离。

盛意见她满脸写着"我一点都不想和你说话"这几个字，笑了一声，十分识趣地越过她往后面走去。

他似乎对这个班的学生都很熟，凑过去和他们一起欢呼雀跃。

周颜弯着腰，走一步瘸一下，骂骂咧咧挪到门口，打眼望去正好看见苏以沫安静地坐在位置上看书。他退后两步看了一眼班牌，又看了眼苏以沫，顺了口气，说了句“我去”。

班主任来了。

教室瞬间鸦雀无声，那男人戴着眼镜，微胖，穿着绿得发亮的厚外套，哈着气走到讲台上。周颜看那打扮，喝下去的水没咽下就全喷了出来。

“各位麻烦安静一下。”男人敲敲桌子，拿出一支粉笔在黑板上唰唰写了三个大字。

“许蒋胡，教你们数学。”说着，他若有所思地瞥了一眼最后面的盛意。

“你们要愿意，也可以喊我老许。”

周颜手臂往盛意肩膀上一搭：“你瞧这名字取得，‘糨糊’，也不知道是咋想的。”

盛意冷哼一声，低头闭眼补眠。

自愿来教 2 班，是挺想不开的。

可能是怕同学觉得自己有点面凶，老许扯着嘴角笑了笑，从随身携带的卡其色布包里掏出一个保温杯握在手心，然后笑容陡然消失在嘴角，吐出一句：“恭喜各位倒了八百辈子血霉，齐聚在理科 2 班这个也许不怎么温馨的大家庭里。”

教室里本就安静，这话一出更是鸦雀无声。

大家都懂老许的意思。

市一中的成绩排名除了实验班是尖子班之外，普通班的成绩都是从好到差排列，而 2 班是普通班里的垫底，是那些带班的老师最不想接手的一个几乎废掉的班级。

许蒋胡在市一中教了十几年书，原本按照他的资历，教个实验班都不在话下。

也不知出于什么原因，他从校长那儿把2班给揽了下来。

苏以沫咬了下嘴唇，她的前班主任找了她三次，每次都要惋惜一遍她怎么就没参加最后两场考试，凭她的成绩，就算在实验班也是佼佼者，现如今分到了最差的一个班，保不齐就被谁给带着学坏了。

苏以沫太乖了，乖到她的前班主任脑补了一番羔羊入虎口的悲壮场景。

她本人倒是想得开，既来之则安之，对于她来说，在哪里学习都是一样的。

不过，她倒是真没想到那个叫盛意的男生居然和她一个班。

苏以沫忍不住悄悄回头，他和周颜靠在最后一排闭着眼，趴在了桌上。

怎么又睡着了。

“我们选一下班长吧，有没有自荐的，举下手。”

老许脱了外套，里面穿了一件暗红色条纹立领衬衫。他可能是觉得不太舒服，每隔几秒就拽一下他的衣服领子。

最前排那个精瘦的男生唰地把手举得老高。他叫单亦行，是个喜欢管闲事的老好人。

老许打了个哈欠：“那就你得了。”

反正除了单亦行也没别的人举手，连投票都省了。

单亦行倒是一脸“没办法我太优秀”的嘚瑟表情，热血沸腾地拍着胸脯跟老许打包票将带领2班走向年级巅峰。

老许就笑了笑没说话。

第一天没主课，分发了书籍之后就全是自习时间。等到最后一节课下课铃响起时，单亦行急着出门，拽着点名册站在教室门口看了又看，干脆就从头往后按顺序念："那个苏以沫和盛意下课做下值日。"

苏以沫听到那个名字，眉头一皱刚准备开口，单亦行就被几个兄弟搭着肩膀一溜烟跑了。

所谓怕什么，什么就来。

明明发誓未来一年半都不要与那人有交集，只不过没等几个小时就被啪啪打脸。

上课与下课的热情程度果然不同，几分钟的工夫，偌大的教室就剩下他们俩。

苏以沫埋头把新发的书一本一本地塞进书包，由大到小，由厚到薄，就差让它们成等差数列分布了。

"小姑娘，你是在学周颜装乌龟吗？"他语调慵懒。

苏以沫吓了一跳，回头看见盛意不知什么时候坐到了她的身后，正撑着脑袋盯着她。

她深吸一口气："我们要不要分一下区域，这样打扫起来会比较快。"

舌头都要打结了。

盛意跟听见什么顶好玩的事情一样，手撑着课桌，身子突然略微向前。

他那双手指骨修长白皙，语气里带着调侃，又痞又无赖："你以为，我会乖乖待在这里陪你值日？"

当然不可能啊，小姑娘。

待这儿的是小狗。

苏以沫的脸色开始一点一点变得难看。

这人怎么这样！

苏以沫脾气是真的好，搁别人身上估计早发火了，她却一句话不说，起身自顾自拿着扫把把地扫了一遍，又打了一盆干净的水。

头顶白寥寥的灯光盖下一圈阴影，盛意意外地没走，靠着桌边看小姑娘一个人忙上忙下。她个子小小的，骨架也小，肥大的校服套在身上有点滑稽。

苏以沫拧干了抹布，踩着桌子直起腰去擦玻璃，就这样还不够高，脚微微踮起，小手有一搭没一搭地往上够。

可怜兮兮的。

盛意直勾勾地盯着，手里握着钥匙，一下一下地往上抛。

半晌，他叹了口气，几步走过去。

苏以沫背对着他，嘴里念着这窗子都快高到天花板上去了。盛意一声没吭，伸手戳了一下她的后背。

苏以沫没理他。

盛意不死心，又戳了一下。

苏以沫抿了抿唇，终于不耐烦地回头，没好气道："如果你觉得无聊，可以先回家！"

盛意无视她的怒火，手指的方向一转，很淡定地指着苏以沫一字一句道："也没什么大事，就是想提醒你一下，你旁边有只虫。"

苏以沫当即吓得从桌上跳了下来，抬头向窗子上望："哪里哪里？"

盛意将她刚刚的慌乱表情尽收眼底，于是摸了摸下巴，继续淡定道：“哦，仔细一瞧，好像看错了。”

苏以沫一双大眼睛瞪得圆圆的，耳尖通红：“你你你……”

“你什么你？”盛意不以为然。

“给我啊。”

见她和傻了一样，他的语气不自觉地就放缓了些。

“小姑娘，抹布给我。”他又重复一遍。

苏以沫猛地把抹布丢给他，往旁边移了一大步。

盛意不客气地笑出声，踩上桌子几下的工夫就把窗户给擦好，跳下来又把抹布还给她，伸出另一只干净的手飞快地拍了拍她的头顶。

“明天见，小姑娘。”

05

苏以沫锁好教室的门，转身去了对面的理科实验班。

门口有个人在默单词，看见苏以沫才像是想起了什么：“你别等了，薄简晨让我给你带句话，他今晚有事，让你先走。”

想了想，他又给了她一瓶牛奶。

薄简晨叮嘱的。

天还没黑，空气中弥漫着浅浅的雾气，苏以沫吸了吸鼻子，刚出校门，就看见盛意和他几个朋友骑着自行车飞快地消失在路口。

像是一阵凛冽的风。

也不知道为什么，他非要追着喊她小姑娘。

她想到刚刚那张别扭的脸，拽着抹布抬手耐心地擦完窗了。

好像，他也不是表面看上去的那么凶。

晚间，苏以沫收到了薄简晨发来的一条微信，点开放大是实验班今天留的作业和试卷，拍得十分清楚，连带着规整的参考答案。

平日里两人的交流仅限于学习，偶尔会多一句嘴问问上周刚上的电影或者东野圭吾的新书。

她迅速回复了一条：谢谢。

对方没回。

今天家里依旧空无一人，她爸发短信说，带着袁阿姨去医院妇检。

之前就听那孩子在肚子里总是踢她，十分不安分。袁阿姨估摸着是个很皮的男孩子，开始纠结到底是选择剖宫产还是顺产，又担忧国产奶粉的质量，拉着苏父去找买进口奶粉的渠道。

孕妇总是多愁善感的，具体表现为她最近爱看的书单变成了一水的散文诗集。

但这些话袁阿姨很少在苏以沫面前说。她是个极其聪明的女人，面对这个快要满十八岁的继女，她在保持着随和温柔的态度之外，专门研究了苏以沫的兴趣爱好。

苏以沫喜欢东野圭吾，她就将他笔下所有系列都搬到苏以沫的书柜。

苏以沫喜欢吃杧果，她夏天时特地托人空运了几箱又大又甜的进口杧果。

甚至在自己的朋友面前也会带着苏以沫，别人夸奖起来，她就将苏以沫揽在怀里，说苏以沫是自己最重要的女儿。

她爱着苏以沫的父亲，连带的，也会对苏以沫很好很好。

花了不到一个小时写完自己班上布置的作业，苏以沫拿手机放大图片开始做实验班的题目，才做了三道，就卡在了一道求抛物线距离的数学题上。

她有些烦躁。

果然，实验班的作业和普通班完全不在一个标准之上。

台灯投下暖黄色的光，几张草稿纸上密密麻麻写满了演算过程，她不够聪明，但好歹懂得如何勤能补拙。几个小时的工夫将那种类型的所有题目完全吃透。

嘀嗒！十二点整。

提醒她睡觉的闹铃在耳边欢快地响起。

按照她现在这速度，两点前能睡就算谢天谢地。苏以沫只看了一眼，飞快地点击了删除，她起身冲了杯咖啡，又将目光投向那没有一丝空隙的草稿纸上。

一切又归于宁静。

第二章

chapter 02

错的每一道题，
都是为了遇上对的人；
而对的每一道题，
让你遇见更好的自己
——《高考必刷卷》

01

周颜靠在教室窗边，瞪着两只眼，将脖子抻得老远。

盛意一回来就见他这么个贼眉鼠眼样，抬眼看了看外边，又看了看哈喇子都快要淌出来的周颜，一个巴掌拍他脑袋上。

“看什么呢？”

周颜愣是吓得差点从窗户翻过去，回头看清了人，把盛意肩膀一揽，手指了个方向。

“看。”

顺着他手指的方向，盛意看到走廊尽头站着一个高个子漂亮女孩，扎着清爽的马尾，正与身旁的人交谈着什么，露出一丝甜美的笑容。

盛意眉头一皱：“谁啊？”

周颜恨铁不成钢地瞥他一眼：“白瞎了你这长相，陶子苒你不记得了？就文科实验班的学习委员，钢琴十级，学习贼棒，长得贼漂亮的那个。”

盛意再次打量一番后，认真地回答：“不记得。”

“不是，盛意你腺上激素是长偏了吧？”周颜拍拍他，“你有没有觉得这陶子苒长得……真像我未来老婆。”

盛意嗤笑：“你高一还说隔壁班花长得像你未来孩子的妈。”

“这不是她后来看上你了吗？我忍痛割爱，你还不乐意了。”周颜一脸痛心地打量着对方。

遥想当年，隔壁班班花天天红着脸拿着手工小饼干往盛意桌上送，结果他那段时间追 NBA 直播追到魔怔，嫌班花挡了他的手机屏幕，愣是把人家给说哭了。

所以说上帝还是公平的，给了一张顶好看的脸，连带着会给你一个完全不开窍的脑袋。

“说真的，兄弟，你从小到大，不会真的没对哪个女孩子心动过吧？”周颜多了句嘴。

和女孩子玩多没劲，盛意呵呵，一个“没”字脱口而出，就看见苏以沫正巧从走廊那头走过来。

那个“没”字后没下文了。

周颜看他直勾勾地盯着走廊眼都不眨一下，古怪地说：“怎么了兄弟，又觉得陶子苒长得不错了？”

盛意将目光收回：“没，女生在我眼里都一样麻烦。”

像是要证明什么，他又加了句——

“骗你是小狗。”

02

老许将全年级总排名递给苏以沫，看着眼前文文弱弱的小女孩，也是打心眼喜欢。

“你的成绩从高一开始就一直很稳定，我听说分班考试你是因为低血糖昏倒了，所以没能参加最后两门。”

苏以沫点点头，手上那份成绩表仔细地列出了单科排名和总成绩排名，她的语数英成绩单独拎出来都和薄简晨不相上下，理综是她的强项，若是全都考完了，没准还真能将第一给拿下。

“不要有心理负担，你的基础好，虽说在2班是有点屈才，但以后也可以为我们班争光。高三前估计还有一场物理竞赛，得要好好准备。”

老许两手握着保温杯，嘟囔了一句：“那个盛意，要是有你一半省心，我做梦也会笑醒。”

苏以沫瞥见末端一栏惨不忍睹的成绩与排名，突然就想起了那双含雾的眼眸，凝在眼前赶也赶不走。

“你以后学习上能帮就帮他一下，他也就看起来凶点二点，其实是个好孩子……”老许絮叨了几句，又觉得说多了不妥，咳嗽了一声，“你懂我的意思吧？”

苏以沫笑了笑：“老师，我尽量。”

出办公室时，外面的天空又蓝又亮，从这能看到操场一角，几个同学正结伴奔跑在主道之上。

苏以沫往下看，中间长凳上坐着个小麦肤色的女生，抱着一把深绿色的吉他。

她校服外套微微敞开，露出的衬衣下摆被风扬起。

明明都是蓝白相间的校服，总有一些人能把它穿得特别有型。比如她，还比如男生眼里的女神陶子苒。

可能是因为他们个子高还玩乐器，又或者是他们天生自带的独特气质。

反正都是苏以沫没有的。

她叫什么来着……

苏以沫停顿了几秒钟，随后冲着楼下脆生生喊了一声“沈清乖”。

沈清乖抬眼，看到苏以沫伸出一个圆溜溜的脑袋，露出两颗小虎牙，笑得和那天一样灿烂，朝她招招手。

苏以沫和沈清乖聊了几句才知道，沈清乖玩吉他玩得特别好，甚至在校外还和别人组了个乐队。她读的文科，和陶子苒一样在文科实验班。

是不是有音乐细胞的人，都又美又优秀？

以前苏以沫爸妈也曾设法对她的各项兴趣进行无死角开发。那时家境不像现在这么好，但他们还是咬咬牙，给苏以沫在少年宫报了小提琴班。学期末少年宫组织学生参加比赛，排在苏以沫前面的那个男孩子穿着崭新的白衬衫，衣袖留着好闻的薰衣草味，他站在舞台上，乐曲悠扬，琴音环绕，享受着台下羡慕的目光。

下场时，他还红着脸对她比了个加油。

苏以沫也红着脸，吓的。

轮到她时，她站在几百人的演奏室紧张得两腿直打战，五花八门的乐谱跟揉碎了一般在脑子里翻滚，第一个音就直接冲到大西北再也拉不回来。

硬着头皮在笑声中拉完整首曲子，苏以沫回家大哭一场，再也没碰过和乐器有关的任何东西。

天赋这东西，不服不行。

“其实我不该来市一中的。”沈清乖递给苏以沫一块薄荷味的口香糖。

按她本意，是该直接去艺术高中专心创作写词实现毕生音乐梦想，而不是在市一中这个只要学不死就往死里学的地方虚度光阴。他爸气得脸都绿了，说狗屁的梦想，小孩子懂什么叫作未来。

沈清乖脾气完美遗传自家老头，当时也火了，嚷嚷着要反抗要革命，结果最后志愿还是填的市一中。

她委婉地表示，反抗失败了。

不过她爸也退了一步，只要她的成绩还保持优异，他就睁一只眼闭一只眼，随便她怎么造作。

所以她抱着不撞南墙不回头的决心，咬牙挺进文科实验班。

“我特羡慕你，有个目标很好，做什么都有动力。”苏以沫嚼着口香糖说。

沈清乖笑：“动力这种东西，也不需要非得是什么高大上的东西。比如为了得到更多一点的零用钱，为了周末早一点追完连续剧，为了填高考志愿时能填一个自己喜欢的城市。

“我倒是觉得一切冥冥之中自有定数，活着开心就好，错的每一道题，都是为了遇见对的人；对的每一道题，都是遇见最好的自己。”

沈清乖特帅地撩了下头发：“你看，我这不遇见你了。”

“你现在特像个哲学家。”

“我不想当哲学家，历史上有名的哲学家都秃顶。”

话音刚落，两人一起哈哈大笑。

驰骋直奔千里远，翱翔必指九天高。

沈清乖的动力是音乐。

那么她呢，她拼命努力的动力又是什么？

“欸，你饿不，咱去食堂吃点？”沈清乖提议。

苏以沫一口答应。

现在正是午休的时候，食堂人满为患，她们到的时候，那队伍已排得老长。好不容易打到饭菜，转了半天也没找到落脚的地方。

“沈清乖，苏学霸，这儿！”

周颜握着筷子的手举得老高，嘴里塞着一只鸡腿，含混不清地喊。

盛意也在，坐在位置上，握着部手机盯着。

“你俩怎么过来吃食堂了？”沈清乖好奇道。周颜还好，盛意这人嘴巴最刁，这也不吃那也不吃，一盘青菜都能给你挑出一页纸的毛病来。

“别说，我怀疑学校就是针对我们，最近出了个新规矩，不让外卖进学校。你说这不是硌硬我们吗？咱出不去，他进不来，只能隔着个铁门干瞪眼。”

周颜叹了一口气，低声笑着去摸盛意的后脑勺：“可怜我盛哥逼着自己去吃这夹生的饭。”

不是他给学校抹黑，就冲着刚刚那打菜阿姨手抖的那频率，他真想洋洋洒洒写封投诉信一把拍在校长办公桌上。

可惜了，那高清摄像头就对着那办公桌前面。

盛意不耐烦地把周颜的手打掉，正好就见苏以沫低头默默吃着餐盘里的食物。

他一愣，顺势瞅见那盘子里全是绿油油的菜叶子，和老许那特立独行的外套颜色一个样。

盛意觉得，苏以沫太瘦了。

跟营养不良似的。

盛意深受自家老妈的洗脑十八年，觉得天下的女孩都和她一样又能吃又能闹，宛如蚂蚱般天天在他跟前蹦来蹦去。

哪像苏以沫，跟个瓷娃娃一样一捏就碎。

他拿起筷子，将自己盘子里的排骨一块一块地往苏以沫盘里放。

苏以沫抬头，一脸不解地盯着他。

“我不想吃了，你帮我吃掉。”他蛮不讲理地说。

“盛意，太过分了，怎么可以把不要的给我们苏同学，这种困扰交给我就可以了。”周颜大呼小叫地丢了手里的鸡骨头，抄起筷子就往盛意盘子里伸。

盛意一个杀人般的眼神瞪回去。

沈清乖瞅了眼盛意，若有所思地笑。

苏以沫轻轻皱起眉头，刚想着怎么拒绝，盛意口袋里的手机就响了起来。

来电铃声极其喜庆，开口就是《好运来》高潮部分。

苏以沫没忍住，勾了个笑容。

苏大优等生难得笑一次，周颜来了兴致，和两个女生说：“知道为啥盛哥的手机铃声是《好运来》吗？前几天咱们和几个兄弟开了局 LOL，不知是撞了什么霉运，三局连输。后来盛哥放音乐解闷，无意间转到了这首歌，你猜怎么的，那局直接躺赢，赢得那叫一个漂亮，所以之后他手机铃声就设这歌了。”

“那还好是《好运来》。”沈清乖插了句嘴。

“此话怎讲？”

“要放的是《大悲咒》，那可不就把你们一伙人给超度了？”

“……”

“沈清乖你想打架就明说吧。”

盛意接完电话，往滔滔不绝的周颜脑袋上一拍。

“别贫了，那几个兄弟喊我们去操场打球，听说是高一的找咱们高二的单挑。”

周颜一听不乐意了：“这一届高一皮得很没有身为学弟的自觉啊！那还等什么，咱去给他们一个下马威。”说着就跟在盛意后头怒气冲冲地走了。

沈清乖叹了一口气：“他俩这脾气，就没变过。”

“你们好像很熟的样子。”

苏以沫纠结了一会儿，还是本着不能浪费的原则慢条斯理地嚼着那几块排骨。

沈清乖点头：“我和周颜就是段孽缘，也不知道为什么，从小学到初中都是一个学校一个班的，从小吵到大的那种，还好高中分班才终于没凑一起。至于盛意嘛……是我们的初中同班同学，和周颜本来不对头，后来莫名其妙就好得能穿一条裤子了。你都不知道，他俩凑一起，简直就是王八看绿豆——对上眼了。”

苏以沫吃饭很少说话，听着沈清乖在身旁介绍着他们几个。

不打不相识，注定一路人。

那些往事无不彰显着“放养成长型”的盛意是如何做到靠着一张嘴气死身边一圈人。

骨子里是年轻气盛的血液，天天宛如背着把两米大刀走哪儿砍哪儿般的气势。

和她那贫瘠规矩的生活完全不同。

虽然她不爱吃肉，但是今天食堂厨师做的排骨，好像味道不赖。

自从盛意、周颜两人从食堂冲出去后，一个下午都没再出现过。

老许气得差点把手里的茶杯扔出去，但茶杯挺贵的，他想了想又忍住了。

刚开学的课程不多，但从薄简晨发来的短信看，他们班单论物理进度已经快要把一本书给讲完了。

几乎每一届实验班的学生都会心照不宣地提前自学完课本上的知识，老师的讲课对他们而言只能起到查漏补缺的作用，通常都是底下人手一套辅导书拿笔唰唰地写着。听到什么漏掉的知识点，他们再短暂地分出那么一丝精力听一听。

听懂了继续遨游在自己那套辅导书里。

所以那排满的各类科目全部可以等同于自习。

老师们乐在其中，也更愿意多留一点时间直攻高考试卷最后一道高难度的大题，书上的定义知识点一概跳过，直接蹦到例题。

苏以沫第一次有些慌了。

这点慌张来自她下课从洗手间回2班时，路过对面那两个文理重点班。

他们下课极少有人会打闹玩耍，不是趴在桌上做题，就是拽着老师询问题目，不知道的还以为他们在研究什么生化武器到最后一步，马上就可以造好瞄准发射。

她心情复杂地回到2班。

看着蹲在门口的一群男生研究最新出的那一款死贵死贵的篮球鞋，研究得那叫一个透彻仔细，双眼迸发着和重点班同学对学习一样的热情，她心情更加复杂了。

倒也不是个个都这么散漫。

坐在第一排最右边的，那个戴着黑框眼镜，剪着最普通的学生头的女生，叫作夏一一。开学几天苏以沫都没和她说过几句话，她比自己还要不苟言笑，沉默着上课下课，课间除了上厕所喝水，就一直坐在位置上写着一堆布置的作业和买的密卷。

苏以沫隐约能看到夏一一眼下淡淡的青色。

可这么努力的人，怎么会在2班待着。

乱七八糟想了一堆，苏以沫才想起课上留的一道还没解开的数学题。

题目抄了一半，班门口就骚乱起来。

她仰头瞧了眼，只看到几个扭扭捏捏的女孩子，还有他们班一群起哄的男生。

“又是被盛意祸害的小姑娘，估计是来送饼干的，可惜他下午没来。”

那几个女生往教室里看了好几眼，这才恋恋不舍地走掉。

苏以沫笔尖顿了顿，勾出一条细长的划痕。

盛意这么受欢迎吗？

03

老许这堂数学没讲新课，让他们写了一张试卷，下课前指了苏以沫让她帮忙收了放办公室去。

苏以沫点头，将试卷抱成一摞后才轻敲办公室的门。

她喊了声报告，老师不在，窗边却站着个少年，瘦高的个子，嘴角还肿着。

对方抬眼盯着苏以沫，阳光洒在他的脸庞，勾勒出俊朗的线条。

是一下午没见的盛意。

校服衬衫解开了前两颗扣子，松松垮垮地穿在身上，他右手拿着个银色的火机打开又合上。

苏以沫皱了一下眉头。

老许叮嘱她，能帮就帮一下他。

那也得看他乐不乐意。

凭他的性子，估计会笑她多管闲事。

她低头抱紧试卷，擦着他的身旁快步走过去，将试卷放下后掉头就准备出去。

“苏以沫。”慵懒的调子。

苏以沫身子一僵，攥着袖口停下步子。

她没回头，却听见一声轻微的笑意。

“那么怕我？”

她猛地松开袖口，落荒而逃，差点和进来的老许撞上。

老许抬了抬眼镜，狠狠剜了眼盛意：“你欺负人家小姑娘了？”

盛意一脸无辜：“讲道理，我什么也没干。”

老许搬了张凳子坐下：“那咱们讲讲道理，你下午打球打得挺欢的啊。长本事了，还扣着高一的学生不让他们走。人家班主任来找我的时候，我这张老脸都替你丢人。”

盛意站得歪歪扭扭，也不乐意了，把桌子一拍，理直气壮道：“他们几个小屁孩自个先说的，谁输了谁道歉，我这不教他们说话算数吗？”

“那你的嘴怎么回事？”

“噢，被球砸的。”

“……”

老许瞥一眼那撑在桌子上的双手，顺手就抄起直尺往他手背上一拍。

“站直了，你看看你现在什么样子。”

他这些年风风雨雨，什么样的学生没见过，千帆过境风平浪静，唯独翻在盛意这一条贼船上。

他简直是活在石缝中的一株野草，给点阳光就灿烂，给点微风就能刮出暴风雨的典型不安分代表。

头疼。

“你妈和我说，要是管不住你就往死里抽，打死了她负责。”老许幽幽地说。他和盛意的父母认识得早，关系没话说，自然更加“关照”盛意一点。

“别啊，许哥，现在是法治社会，不提倡暴力教育。”盛意笑嘻嘻的，完全没什么好好学习报效国家的自觉，“我是祖国的花骨朵，势必坚定不移地走社会主义道路不动摇。”

“得了吧，我看见你就知道大清为何亡了。”

老许盯着他，一直盯得他背后发毛，忽地冒出一句：“我给你找个同桌怎么样？”

“盛哥，厉害啊！我听回来的人说，你这次在老许那儿领了五千字检讨再创纪录，咱这球打得值！”周颜一看从办公室归来的盛意，狗腿地给他递上一瓶冰水。

“滚，你还好意思说，老师来的时候，你跑得比兔子还快。”

盛意接水灌下好大一口。

他擦擦嘴角，疼得“嘶”了一声，转身瞥见苏以沫坐在位置上写作业。

他看过她的字，一笔一画特别秀气，和自己那张牙舞爪的字比，一个天上一个地下。

所谓字如其人，盛意觉得此话颇有道理。他和苏以沫，大概就相当于败坏风气的问题少年和又乖又柔的好学生。

就仿佛是两条平行线似的。

永不会交叉。

04

老许当时念叨着要给盛意专门调个座位，美其名曰：互帮互助，优生带动差生的学习积极性。

“差生”盛意极其嗤之以鼻，甚至还有点想笑。

他以为老许说着玩的，谁知老许效率极高，第二天刚来学校就通知他坐在靠墙第三排的位置。

不服从就把那一摞不及格试卷打包寄给他妈。

简直丧心病狂。

盛意一肚子气，手搭在后座，嘭的一声，将书包里一堆东西摊在隔壁桌上。

谁敢过来，他就桌子一拍告诉那人这一圈都是盛大爷的地盘，不想死麻利地滚。

“谁敢当你同桌啊，真不知道老许怎么想的，你这种人就适合往后排一放自生自灭。”周颜笑嘻嘻地打趣。

“说真的。”盛意向他勾勾手指，“一会儿我那倒霉同桌来了，不把他弄死，我盛意就是条狗。”他认为老许肯定是给他安排了一位男同桌。

正说着，他们一抬头就看见苏以沫杵在面前一动不动。

盛意差点从凳子上摔下去。

“倒霉同桌”抱着粉色的书包，沉默地盯着那一片狼藉的桌子。

她今天将长长的头发绾成了一个马尾，脸又小又圆，睁着双大眼睛。

一丝发梢黏在鬓角，眼睛蒙着水汽。

像只兔子。

盛意一愣，就这么看着对方温暾地将书摞成整齐的一沓，小手一推，轻轻移到他的课桌右上角。

她坐下，拿出本子不慌不忙演算上节物理课布置的题目。

自始至终，她没说一句话。

见鬼了。

怎么是她？

不可能是她啊。

周颜冲他挤眉弄眼："兄弟，说话算数，别㞞，弄死你的同桌！"

盛意眼皮子一抬，说了句："你完了。"抄起一本字典就往他脑门上砸。

盛意心底是紧张的。

说不出为什么紧张，就是一想到这小姑娘搁自己身旁坐着，头几天上课连觉都睡不着。

不过几天之后，他就觉得纠结这事的自己是个智障。

苏以沫根本就是拿他当空气，和他说的话细数而来，基本上都是"借过""谢谢""试卷给你""作业给你"等一些极其没营养的短句。

哦，上午头一次蹦出了六个字："你的书拿反了。"

偶尔盛意瞥一眼认真听课的苏以沫，心想她到底是讨厌他呢，还是不讨厌他呢？

说讨厌吧，她从来都是温柔的好性子，就算是几个字都是温温柔柔，像是一团棉花打在他胸口，软得他那脾气都收敛了好几分。

说不讨厌吧，两人坐得近，中间却莫名跟隔条银河一样。

盛意烦躁地揉了揉头顶。

他没做什么对不起她的事啊，没凶她，没骂她，顶多有时候逗逗她。

难不成这小姑娘这么记仇？

纠结了半天，最后他还是觉得自己简直是个智障。

距离上课还有两分钟的时候，周颜吭哧吭哧跑到他们后面坐着，戳了戳盛意，又问苏以沫："欸，刚刚看你去送物理作业了，老许在不在办公室？"

苏以沫在纸上演算着公式，摇了摇头。

周颜打了个响指，将盛意肩膀一拍："稳了，老铁。"

盛意却嘘了一声闭上眼睛，他们坐的位置靠墙，楼下就是学校的停车场。

"是老许的车没跑，东风标致 4008，之前被辆电瓶车撞过，发动机声比一般车要大。"

苏以沫有些诧异地停下笔看他。

周颜一脸佩服："盛哥，行啊，你这耳朵好使，这都能听出来。"

盛意"低调"两字脱口而出："车走远了，老许已离开学校，警报解除。"

他将校服一脱系在腰间，从位置下面摸出一个球来。周颜欢呼一声，站起身拔腿开溜。

盛意更绝，踏上窗户就准备跳。

"还有一节课才放学。"

苏以沫冷不丁地叫住他。

盛意被这句话吓得差点摔下去，他稳了稳，将球和身子转了个边，手拽着窗框突然就弯下腰，黑色的眉、黑色的瞳孔和睫毛忽地离她只有短短几厘米的距离。

苏以沫手一抖，将笔给摔下去。

“那么想管我？”

他语气里带着一点欠揍。

周颜走得老远，无奈地对还在那一头的盛意喊道：“别光欺负人家苏以沫，球场都要被高一的小屁孩给称霸了！”

盛意这才直起身子，走时却故意拍了下她的头。

“你别摸我的头。”

苏以沫眉头一皱。

盛意不客气地笑，她真的喜欢有事没事就皱着眉，跟个老太似的。

“你好好学习。”他说。

盛意他们前脚出去，后脚那特符合力学公式的物理老师就拿着张电流表走进来。他巡视教室一圈，看着那空着的两个位置有些不悦，但眼睛滴溜一转，看到苏以沫安分地拿出物理书，眼底又流露出几分赞许。

她的物理成绩比薄简晨还要厉害些。

于是，他又继续开始兴致勃勃地介绍并联的复杂应用。但他如果仔细盯着苏以沫，就能发现她其实是在走神。

盛意说到做到，说不来真不来。

他肆意妄为得从来不把任何人放在眼里。

撕了一整张演算纸，苏以沫烦躁地抬头看向窗外。早上还是湛蓝的天空现在只剩下明晃晃的白，那棵据说是镇校之宝的槐树上停着几只麻雀叽叽喳喳个不停。

最后一节课的下课铃响起的时候，班上死一般的压抑气氛才终于活了过来，一群人收了书包迫不及待地往外拥。

苏以沫突然想到一个词：丧尸出笼。

薄简晨又给她发了两条信息。

第一条是今天放学他得留下帮老师整理试卷，还是不能和她一起回家，但是托人给她送了热牛奶。

第二条是告诉她实验班叮嘱要买的资料，指定的书店，指定的图书。

她回了一个“好”，想了想决定还是现在去买了。今天留的作业不多，写完还能抽出时间做几页。

天色渐暗，街道上的车辆极少，两侧也只有零星几个下班的路人。

苏以沫拿出手机，今日推送的新闻：近年来北极冰山急速融化，北极熊即将无家可归。

配图是可怜兮兮踩在浮冰上的北极熊幼崽。

全球变暖又加速了，没准等自己入土为安，世界也要彻底垮掉了呢。她开玩笑地想。

记得小时候，她会掐点守在电视机前等着少儿频道的动画片，熟悉的主题曲响起的那刻，她把自己代入主角，幻想以后成为拯救世界的英雄。

不过，自从发现业务繁忙的英雄也得解数学题后，这个中二梦想就被她给抛掷脑后了。

世界其实不需要他们拯救，离它远一点，它就已经谢天谢地。

来到书店，苏以沫惊喜地发现新到了一批好书，她在书架前流连忘返，磨蹭了半天也舍不得出来。

收银的大妈穿着白色广告衫坐在靠椅上打着瞌睡，瞥了一眼她，一副“还不走”的不耐烦表情。

苏以沫吐吐舌头。

她抱着书袋从书店出来时，天黑了大半，她想着去前面坐公交车回家，于是放缓了步子，慢悠悠地沿着巷子走。

不远处蹲着几个青年，见她穿着市一中校服，吹了一声不怀好意的口哨。

苏以沫这才有所警觉，抓紧了怀里的书埋头往前走。这里是老城区，夜晚路边几乎没人。

听到耳边不间断的嬉笑，她抿着嘴又加快了步子。

背部霎时出了一身薄汗，她正想拔腿就跑，头顶猛地盖下一片阴影，大脑还没来得及反应，她便撞上了一个人。

苏以沫揉着脑袋退后，鼻尖弥漫上一点淡淡的薄荷味。

“小姑娘，脸都被吓成白无常了。”那人嚼着口香糖，语气带着一点笑意。

“盛意。”她下意识脱口而出。

盛意没忍住笑了：“不错，这是我第一次听你叫我名字。”

他出现在这里纯属巧合。

本来打完球他就准备去教室拎书包回家，他妈掐着时间给他打了个电话，先扯了一堆有的没的，最后才引出来意——听说老城区那边新开了家甜品店，离你学校不远，下了课顺便买点回来孝敬你亲爱的妈。

然后她十分利落地挂断电话，不给他一点拒绝的机会。

苏以沫脸颊唰地一红，小脑袋往后挪了挪。她打量四周，那群人已经不见了。

“谢谢。”

她声音小得像是蚊子哼似的。

盛意却得寸进尺，接着逗她：“光谢谢有什么用，有没有什么奖励啊？”完全是胡扯的一句玩笑。

苏以沫却愣了愣，嗯了一声，伸手在书包里翻翻，找到零星几颗糖果。

五颜六色的包装，一毛钱一颗，她总爱买一大把塞在书包里，闲得没事就往嘴里塞一颗。

果然还有几颗。

她全部给了盛意。

盛意“啊”了一句下意识地接下。他看一眼糖果，又看一眼还在翻书包的苏以沫。

十秒钟之后，他又得到了一个手掌大小的粉色独角兽玩偶。

苏以沫一本正经地又说了一句“谢谢”，说完抱着书包跑了。

盛意站在原地，一手一把糖，一手一个玩偶。

刚刚从上往下望去，那纤长的睫毛如羽翼般浓密，呼吸变得缓慢而悠长，耳朵如同被灼热的火点燃，那把火没由来地渐渐蔓延到他整张脸。

他嘴角不由得扬起一丝弧度，自言自语道：“明天见。”

第三章

chapter 03

『滴水之恩，涌泉相报』的英文怎么说来着

01

第二天，周颜那眼睛就没从盛意身上移开过。

大早上就见盛意对着手里娘不拉几的玩意儿傻笑，他好奇想捏捏，盛意一个后退给揣兜里，不高兴地说：“洗手了吗？你别把我的独角兽给摸脏了。”

语气无比嫌弃。

周颜：“……”

盛哥疯了。

上午三门理化生课连堂，好不容易挨到下课铃响起，2 班几乎是全军覆没，趴在桌上半死不活。

盛意这才终于睁开眼，伸了个懒腰，第一句就问：“物理课结束了？”

物理是第一节，现在是第三节课下课，他愣是一口气睡到现在。

苏以沫侧过脸看着他不说话。

盛意笑：“别拿那写满‘无药可救’的眼神瞅我，我害怕。”

“上节课老许来过了。”苏以沫转了转笔，慢慢说。

“真的假的？”

“他看上去心情不太好，掏出手机对着你拍了好几张。”

“拍得好看吗？”

“……”

还没说几句，老许真的出现在教室门口。他今天穿着深蓝色的长大衣，头发翘起一小撮发尾，一副没睡醒的样子，沉着脸宣布下一次月考将至。

果然心情不好，一看他就是刚从全体教师会议退场。

话音刚落，底下就是一片哀号。

老许摸了摸保温杯，只得感叹：“临时抱佛脚也好，烧香拜佛也罢，总之，你们都把那躁动不安的心收一收，也该让你们的小脑袋瓜子转转，估摸着早生锈了。”接着又是一声叹息。

他来得快去得也快，走之前还不忘叫上单亦行去帮他分作业。

上午最后一节课是周老太太的英语课，这位留美多年的老妇人的教课理念就是学不会没关系，写错一个单词打一次手心，以此为例让人留下极其深刻的印象。

上次全班默写一篇 prezatation，周颜心大，前一天背的时候翻错了页背成上一个单元，周老太太把他叫到办公室，指着那一百多个单词的默写轻描淡写地说：“尺子在你左边，你数数多少词就打多少下。”

周颜的心瞬间就凉了。

他打到一半就被进去交表格的沈清乖撞见，两人碰巧同一个英语老师，她英语好，深受周老太太偏爱一点，见周颜一副“我马上就要命不久矣”的悲壮表情，沈清乖只得费劲好说歹说把他给救出来。

从那天开始，其他科目老师布置作业他都可以不听，唯独周老太太上课时全神贯注，一动也不敢动。

盛意就更厉害了。周老太太有次正好点他翻译句子，那句话是“滴水之恩，涌泉相报”。

将其翻译成英文。

盛意唰唰几笔写完。

周老太太一看，黑板上歪歪扭扭写着一行英语单词“You di da di da me，I Hua la la you”，愣是气得一口气差点没上来。

毕竟睡了三节课，盛意此刻也睡不着了，他想起来昨晚玩的一个小游戏还没通关，两只手从校服袖子伸出来，把空袖子搭在桌子上，看上去一副认真的模样，手却在下面玩手机。

苏以沫有时候真的对盛意刮目相看，他总能想出各式各样的“歪门邪道”满足自己的需求。比如上次默写，他直接拿透明胶带缩印了课文贴在了可口可乐瓶上，在周老太太的眼皮子底下光明正大地抄。

但他也说，正规考试他从不屑于作弊。

苏以沫倒觉得这句话可以理解为，就算是把课本放他面前让他随便翻，那些复杂的理科计算题他也不一定能解出来。

盛意今天手感特好，玩一局赢一局，嘴角不自觉扬起一丝笑意。周老太太瞄到盛意坐在那里不知道在傻笑什么，冷不丁地点了他的名。

他噌地站起来，身子站得笔直，两只袖子搭在两边被风吹得飘啊飘。

周老太太估计也看出盛意刚刚在做什么小动作，语气一下子就带着几分严厉：“你解释解释，黑板上这个单词是什么意思？”

盛意看向黑板，上面就一个单词。

Womanhood（女人）。

什么跟什么玩意儿。

看不懂。

他眼睛往下瞥，稍稍歪头盯着苏以沫，做出一个“救命”的口型。

苏以沫连忙指了指自己。

他眼底闪过一丝迷茫，不过显然他领悟能力极强，很快就一副恍然大悟的模样，胸有成竹且十分洪亮地答：

“小可爱。”

三字金句一出，全班鸦雀无声，周老太太的粉笔从手里滑落，啪嗒掉在地上碎成两截。

半秒时间，全班哄笑，周颜笑得最欢。

苏以沫几乎将头埋到臂弯里，他胡说些什么。

周老太太气得全身都在发抖，只当他故意捣乱，指了指门外：“出去站着。”

“得嘞。”

下课铃一响，盛意就懒洋洋地从教室门口挪到自己座位上。吹了一节课的冷风，他一连打了好几个喷嚏，然后毫不客气地拽了几张苏以沫的抽纸。

周颜从后面过来：“我都定好餐了，没几分钟就送过来。”

“好，我下去拿。”

苏以沫正好写完上节课的笔记，拿笔戳盛意，小声说：“让我出去一下。”

她和沈清乖约好一起去食堂。

盛意瞥一眼她，突然来了兴致，将手往她面前一拦，挡得死死的。

“喂，刚刚上课你给我提醒错了，小老师怎么当的？”

他那语气贱得周颜都忍不住骂他：“盛意，你太不要脸了。”

盛意没管周颜，笑得一脸玩味地盯着沉默不语的苏以沫。

“你怎么这样？”她憋半天才憋出一句。

“我哪个样？”

“蛮不讲理，无聊至极。”

苏以沫气得两颊微红，一口气吐出两个形容词。

被批了的盛意不怒反笑，且那笑容越发愉悦：“行行行，我蛮不讲理，我无聊至极，那作为补偿，带你去吃好吃的。”

苏以沫发誓她是被硬生生拖过去的。

两人鬼鬼祟祟溜到校门前不显眼的铁栅栏边，那儿杵着一个人，黑衣黑裤黑帽子，拿着一个大塑料袋，长得一副凶神恶煞的模样。

“你看过《古惑仔》没？”

“……”

盛意一脸严肃地对苏以沫说：“站这儿望风。”交代完才走过去和那人背靠背站着。

那黑衣小哥忽地吐出一句话：“东方不亮西方亮。”

盛意脸色不变，飞快地回答：“周颜啥样你啥样。”

“给给给，黑椒意面和柳橙汁。老邢最近越发爱在这儿转，比我们那会儿还严。”黑衣小哥长吁一口气，这才和颜悦色起来。

“老邢现在就是市一中一霸，我见他都得乖乖绕着走。”盛意一手交钱一手交货，“学校最近查外卖查得严，以后还得辛苦你多跑一趟。”

“成。”那人爽快地答应。

盛意将袋子打开，掏出一盒意面和饮料塞给苏以沫：“喏，小姑娘，给你的补偿。”

“学校不让外卖进来。”

刚看完中二少年发病场景的苏以沫一板一眼地背起了校规：“违反者写三千字检查。”

盛意嗯了一声，低头看她，顺着她的话调侃：“是啊，可我已经让它进来了，怎么办？要不，你去举报我？”

她又摇了摇头，小脸皱成了一团。

盛意没忍住，扑哧一下就笑了。

“那什么，苏以沫小朋友，咱以后能别老这么一本正经地卖可爱吗？”

苏以沫又皱起眉头。

“算了算了，你当我什么都没说得了。”盛意叹了一口气，想着周颜还等着他投食，和她打个招呼，提着塑料袋子先走了。

苏以沫抱着一堆东西去找沈清乖。

看到她手里的意面，沈清乖问：“你这是从哪里买的？”

“盛意给我的。”苏以沫老老实实地回答。

沈清乖的神色立马变得奇怪起来。

太阳打西边出来了，野猴子冷不丁真的开窍了？

02

下午，苏以沫到教室的时候，盛意难得已经坐在位置上，他一只手转着笔，一只手压着一本崭新的教科书。

感受到一丝视线，盛意慢慢地抬头。

他贱兮兮地问："是不是帅得让人移不开眼？"

苏以沫默默将包子从书包里摸出来去教室外面啃去了。

语文课，盛意非常自觉地趴着睡觉，用他的话来说，其他科目没听的话，可能还有那么一丝几乎可以忽略不计的内疚，那这门课就完全相当于给他大脑放空四十五分钟。

苏以沫这次没反驳，语文比英语还要重视基础和语感，你一节课不落听得认认真真，考试还真的不一定考得比没听课的好。

只能瞎学。

她目光从黑板往下，碰巧就看到他胳膊下压的那用来垫桌子的试卷上，红艳艳的"38"分。

她目光暗了暗，想到之前老许说过的话。

"盛意这孩子，聪明是聪明，就是心思不在学习上。我把他放你旁边坐，他要是敢欺负你，你尽管告诉我，我揍死他。"

她抽了一张便笺唰唰写了几个字递过去，轻轻戳了戳他的胳膊。

盛意不耐烦地睁眼，一看是苏以沫，瞬间清醒，也看到了手边的那张字条：

"你周六有空吗？"

等一下，她是在……约他？！

为什么约他？

难不成……对他有意思？

盛意表面风雨不动，咳嗽一声故作镇定，实则放在下面的手微微发颤。

我去！她对我有意思！

没办法，自己这张脸搁这儿，就是容易吸引小姑娘。

见对方面无表情、双目无神，苏以沫眨眨眼，开口问：“有空吗？”

坐在他们前面那两人在底下打牌，一激动叫了声“炸”，那老师也是个暴脾气，二话没说一个黑板擦朝着他们丢过去。

用的力气稍大，黑板擦直接越过了那两人。

苏以沫看着那越来越近的黑板擦，来不及躲，下意识地紧紧闭上眼。

预想中的疼痛并没有袭来，一只骨指分明的手飞快地搁她脑门前，替她生生挡下。

周围瞬间鸦雀无声，同学齐刷刷扭头望着他们。

苏以沫这才睁眼，有些惊讶地偏头看盛意，那侧脸鼻梁挺直，眼里流转出闪亮的碎光。

“有空啊，我这人挺闲的。”

一整天盛意都没再睡觉，一直到放学他都难得保持着饱满精神，嘴里哼着歌，甚至连对周颜的语气都变得温柔起来。

周颜打了个寒噤：“兄弟，你脑子抽了？”

“你脑子才抽了。”盛意这话是笑着说的。

他回头看着苏以沫慢吞吞地收拾书包。这小姑娘除了做题快，做什么都是一副慢悠悠的样子，几分钟的工夫，就剩他们几人在教室了。

突然就想起那天她在老城区差点被一群混混给拦住，他凑到苏以沫面前打了一个响指：“要不一起走？”

送你回家啊。

苏以沫想都没想就拒绝了，拒绝的理由十分充分：“有个认识的朋友正好是邻居，放学和他一起回家。”

盛意口中那句“男的女的”还没说出来，教室门口就出现了一个身影。

高个子，戴眼镜，长得倒是挺清秀，就是脸上没什么表情，冷冰冰的样子。

盛意一颗心陡然一沉。

这人他认识。

理科实验班的薄简晨。

薄简晨看也没看盛意。

苏以沫背上书包小跑到薄简晨身边，见状，一丝淡淡的笑意透过他的眼镜流淌出来。不知道和她说了些什么后，薄简晨将手里的牛奶递给她，后者接过，自然而又亲密。

两人走远了。

“我去，我居然见着薄简晨笑了。”周颜一脸“我瞎了”的表情，“平时他跟个冰碴子似的，不过对苏学霸倒是挺好，听说两人住一栋楼的，从小就认识。”

他多一句嘴，突然就觉得身上一阵冷意，回头一看，那双如黑夜般的眸眼里划过一抹瘆人的阴鸷。

盛意狠狠踢了一脚桌子，刚刚的好心情荡然无存。

03

回家的车程二十来分钟，薄简晨有一搭没一搭地和苏以沫闲聊。

围绕的话题又是即将到来的月考，还有实验班老师提醒的那些重点。不过今天在讲完这些之后，薄简晨不经意地提到盛意。

“你认识他？”苏以沫挺惊讶的。

薄简晨点头：“去年打篮球比赛的时候在球场遇见过。”

他喜静，但不代表从不运动，相反，他的篮球技术不错，甚至可以和盛意相互较量一番。

“盛意和你是同桌？”

“嗯，老许调的，让我平日里多帮他一下。”

“其实你可以一开始就拒绝的。”薄简晨也不知自己为何迫不及待地将这句话说出口。

似是觉得不妥，他又解释：“现在正是关键时刻，你别被他给影响了。他这个人……不太好相处。”

头一次，他的话语中带着点急切。

苏以沫笑了笑。

“不用，你和盛意多接触就会发现他人其实挺好的，纸老虎一个，开心不开心都写在脸上，就平日里嘴皮子厉害一点而已。”

才做的新同桌而已，就这么着急为他说话？

夕阳透过树梢投下墨绿色的阴影，光与影反复交替下，他神色微变。

像是有一大把碎冰，狠狠揉进他的胸口。

薄简晨突然停下步子。

“怎么了？”她问。

“觉得挺意外的，这好像还是你第一次夸一个男生。”

薄简晨嘴角轻轻上扬，和肆意高调的盛意不同，他就连说话也是温和的口吻。他一直活得完美又自律，像极了文艺电影里的白衣少年，就差捧着花，深情地朝心爱的女孩款款而来。

可惜薄简晨对花过敏，平日里也只对王后雄和曲一线的学习资料有点兴趣。

苏以沫觉得自己和盛意当同桌久了，连脑补能力都大大提升。

“胡说，我以前总是夸你聪明。”苏以沫反驳他。

“没事。”他又恢复了往日的平淡语气。

薄简晨自觉地将话题引回物理竞赛的大题上，苏以沫趁着等电梯的工夫，一口气将牛奶全部喝完才将空玻璃瓶递给他。

“下个月就别给我送牛奶啦。真是的，订牛奶一定要看仔细，年级第一居然会犯订成双份的低级错误。”

薄简晨表示下次一定注意，又叮嘱：“那你平日里多往书包里放点糖果，知道自己低血糖，考试那天还不吃早饭。”

苏以沫敷衍地嗯了一声。

一直看着女孩到了家门口，薄简晨想了想还是叫住了她：“沫沫。”

苏以沫回头。

不在学校的时候，他就直接和小时候一样喊她的小名。

薄简晨从书包里拿出一个精致的盒子递给她。

“上次去外地考试时顺便买的，觉得你应该会喜欢。”

打开是个漂亮的音乐盒，苏以沫愣了愣，轻轻笑道：“你去考试还三心二意，下次不许买了。”

薄简晨眼底掠过一丝黯淡，点点头：“知道了。”

薄简晨伸手，想去拍拍她的头顶，但指尖动了动，还是放了下去。

“不早了，你赶快回家吧。”

“那……明天见。”

“明天见。”

直到女孩消失在薄简晨的视野里，他脸上维持的笑容才终于慢慢消退。

像是紧绷的弦突然被扯断，眼中一下子连那点温和都消失殆尽。

薄简晨事事都能提前规划到位，几乎不出分毫差错，唯独没想到苏以沫会去理科 2 班，更没想到她居然会和盛意成为同桌。

那个男孩像头狼，盯着你的时候像是盯着一个猎物。

不由自主地，他连手上的动作也加重了几分，发泄般将门推开，发出哐当一声巨响。

举着手机的女人吓了一大跳。

她妆容精致，踩着八厘米的高跟鞋站在客厅中央，看清楚来人，这才不悦道："晨晨，别用那么大力气。"

"你怎么回来了？"

那女人愣了愣，没好气地说："这里是我家，我是你妈，怎么就不能回来？"

他往旁边看，有些凌乱的桌上还残留着没吃完的外卖，散着油腻的菜香。

薄简晨显然没想继续你问我答下去，他彻底闭嘴，换了鞋径直走向自己的房间。

"我刚刚看见阳台有很多空牛奶瓶，你不是不爱喝甜的吗，怎么突然想起订牛奶了？"女人好奇道。

薄简晨顿了下，说："嗯，最近突然想喝了。"

04

苏以沫以为今天家里依旧冷清，想不到一开门就见着客厅灯火通明，自己那七大姑八大姨齐聚一堂，叫得出名字的叫不出名字的全部拥了上来。

苏以沫拽了拽书包带子，看着面前一个个亲戚将她从头到脚打量了一番。

“哎哟，这都多少年没见到沫沫了，转眼间都上高二了。”

“有点瘦啊，这高中读得辛苦哦。”

“可不是，现在正是紧张冲刺的时候。”

“你看看你们，站这儿挡什么挡，还不让沫沫快把书包放下！”

他们叽叽喳喳，苏以沫就这么干巴巴站在对面点头又微笑。

她头疼，勉强回忆起这个是她的姨婆，那个是她的舅妈，还有几个见都没见过的一概统一口径“你好，你们好”。

她爸难得在厨房忙上忙下，这才想起上周他好像是说想带袁阿姨给自家的亲戚们看看。

毕竟是二婚，袁阿姨又怀着身孕，是喜事。

袁阿姨情商高，将那群妇人哄得红光满面，又撑着腰走去厨房喂了苏父几口水果。苏父侧着脸，一脸温柔地看着她，满眼都是快要溢出来的笑意。

袁阿姨出现前的好多年里，苏以沫都没有在父亲脸上看到过这样的表情。

妈妈去世那一天，他亲手为她盖上白布，一滴眼泪都没流，看上去却宛如一夜间老了十来岁般。

然后，他对她说：“沫沫，回家。”

她抱着娃娃，抬眼一脸天真地看着父亲：“妈妈不和我们一起回去吗？”

他半跪着，伸手揉了揉她的发：“妈妈累了，要在这里休息很长时间，我们都不要打扰她。”

小小年纪的她懂事地轻轻将父亲抱住，拍着他的后背安慰道：“那妈妈不在的时候，就让沫沫照顾爸爸吧。爸爸要乖，不要吵着要妈妈啊。”

父亲将头埋在她的肩膀，全身发抖，忍了又忍，还是发出了几声呜咽。

“爸爸哭了，羞羞脸。”

……

“沫沫，站那儿干吗？过来尝尝你爸做的糖醋鱼。”袁阿姨夹了一筷子鱼肉送到苏以沫嘴边，入口香甜可口，苏以沫给了很高的赞许。

苏爸特不好意思地挠头，和大小伙子一样傻笑。

开饭时，所有人环着餐桌围成一圈，苏以沫坐在角落里默默吃着。

即使已经尽量减少存在感，但她作为唯一的高中生免不了还是要被拎出来。

“我听说沫沫分班考试失误了，名次掉得还挺狠的。”

苏爸倒是无所谓：“这孩子乖，之前成绩也好，就是考试那天低血糖没考完，怨不得她。”

“沫沫读的文科还是理科？”

“理科。”

“理科好，大学多，找工作也容易点。”

苏以沫敷衍地点头，其实她当时会选择理科，纯粹是因为地理不好。

高中地理不算难，她却像不开窍般死也理解不了那些个洋流的走向等问题。

她想，这风要刮就笔直刮，干吗还四面八方到处乱窜。

其实，从初中起她的地理就不好，如若中考地理多得几分，甚至能往比市一中更好的高中跃一跃。而这一点似乎成为她那个姨妈的把柄，每年家里人一起吃年饭，姨妈都扬起那双戴着金灿灿镯子的手在空中比画。

“女孩子啊，比不上男孩子聪明。”说完，姨妈得意地看了一眼自家打游戏打得正欢的儿子。

她一脸雾水抬头：“干啥？”

然后，姨妈便会铁着脸狠狠拍他的脑袋。

她儿子排名年级倒数。

“我吃饱了。”苏以沫把碗筷一推，起身让他们慢吃。

苏父眉头皱了皱：“客人还在呢，你多陪陪人家说说话。”

苏以沫本来都准备坐下了，他们却不乐意，说学生的首要工作就是学习，哪有宝贵时间用来陪人聊天的，于是把苏以沫又给轰回了房间。

关上门的一刹那，外面传来了一句刻意压低声音的话。

“你这怀上，沫沫没意见？”

而后就没了声。

苏以沫轻轻把门锁上。

手机响个不停。

她一看，是个陌生号码的来电。

“请问是哪位？”她耐心地问。

那边没声，过了好久，才传来一记闷闷的回应。

“苏以沫，我给你打了五个电话。”对方的语气里没由来地带着一股委屈，“你是在造火箭，还是拆坦克，第六个才接。”

“盛意？”苏以沫惊了，不自觉地抬高音量，想到大人还在外面，又慌忙将音量降下，“你哪来的我的号码？”

“说来你可能不信，我掐指算的。”

他又开始贫嘴。

其实是他拜托周颜拿一桶口香糖贿赂沈清乖才搞来的。

“打电话给我做什么？”苏以沫想象着对方胡说八道的样子，突然觉得有点好笑。

盛意在那里别扭了半天，想问的问题无非一个：那戴眼镜的斯文败类和你什么关系？

是不是我想的那种关系。

但那话在嘴边打了个转，变成了“也没什么事，就是想告诉你今晚天气真好”。

苏以沫往窗外一瞟：“是挺好，放眼望去一片漆黑，连颗星星都没有。”

“不错啊小姑娘，和我待久了冷笑话脱口而出，再接再厉。”盛意似乎是在笑，每句话的尾音都稍稍往上扬了扬，“唉，算了，其实就是想和你说一声别忘了周末出来，我怕你贵人多忘事，提醒你一句。”

“就这样？”苏以沫反问一句。

“就这样，拜拜。”

说着，他自顾自飞快地挂了。

苏以沫听着听筒里的忙音，一脸莫名其妙。

他打电话来到底是为了什么？

另一头。

周颜看着盛意跟个神经病一样又是纠结又是傻笑，脸上表情丰富得跟霓虹灯一样，只能鄙视他一眼，低头专心啃鸡腿。

社会我盛哥，人狠话还多，过了十八年野猴子的生活，终于碰到个能治住他的人了。

可喜可贺。

盛意本来心情极差，一个电话打完虽然没问出想问的，但心情莫名地暴雨转晴天。

于是，他捶了下周颜的肩膀。

“有什么想吃的，随便点，只限今晚。”

这句豪气到不行的话直接导致周颜和他分开的时候是扶着腰走的。

等车的时候，盛意双手插在裤兜哼着歌，头一偏，不经意在角落里瞧见一只拳头大小的小奶猫。

他凑近一看，那猫又瘦又小，眼睛微微闭着，发出微弱的哀叫。

盛意看了看四周都没什么人，拿衣服把它包起来送去了最近的宠物医院。

“你家的啊？”那医生看着奄奄一息的小猫，多一句嘴。

“刚捡的。”

“小伙子挺有爱心的。”那医生一边开药一边夸一句，再仔细瞅瞅，长得还真是不赖。

“低调低调。”盛意摸了摸那打哈欠的小东西，灰灰的毛，就脑门上一团白。

长得倒是挺有个性。

给猫打针、洗澡、喂营养膏，忙活了半天之后，他才出了宠物医院大门。

小猫开始不安分地扭动，他说句“别闹”，大手将它锁在自己怀中。而它喵了一声，爪子在盛意的手腕划出一条痕，挣扎着跳了下来。

盛意嘶了声，瞧了眼那略微渗血的伤口。

“你怎么和某个人一样，长得弱弱小小的，实际凶得要死。”

还好打了针。

想到苏以沫那小身板，他露出一个极浅的微笑，伸出手对着远远跑到一边打量他的小猫。

“过来。”他开口，嗓音低沉。

小猫歪头像是思考了片刻，终究一步一步重新挪到他身边，拿脑袋轻轻蹭着他的手，一下一下，带着细腻的痒意。

盛意眼中全是温柔：“乖。”

05

盛意期待已久的见面地点定在学校旁一家小咖啡馆。

他和周颜两大标准直男讨论了半小时才决定下来。

人少，环境不错，东西也好吃。

老板就是那天送外卖的黑衣小哥，市一中毕业的学长，大学回来在这儿开了家小店。

天不怕地不怕的盛意，第一次紧张地坐在位置上，扯扯新衣服，眼神不时飘忽地看向玻璃窗外。

老板给了他一个鼓励的眼神。

他郑重地点头。

老远，就见苏以沫背着那粉草莓书包向他走过来。

她今天没有扎头发，柔顺的发梢垂在肩膀，穿着一件藕色的荷叶边裙。

好看的皮囊千篇一律，苏以沫却独独不同。

可爱到犯规。

苏以沫朝他笑："你看起来兴致挺高的呀。"

小姑娘赏心悦目，兴致当然高，盛意也笑。

但很快他就彻底笑不出来了。

下一秒，苏以沫从书包里掏出了一沓小山那么厚的卷子。

盛意愣在那里："这……是什么？"

"给你补课呀。"苏以沫理所当然地说，"免费的。"

算是上次把她从混混手里救出的谢礼。

"不是，我的小祖宗，你认真的？"盛意简直要气笑了，"说实话，我和这玩意儿，相看两相厌，不如不相见。"

"没关系，我们慢慢来，先从简单的开始，你哪个地方不懂？"苏以沫开始循循善诱。她没别的优点，就是有耐心。

很没耐心的盛意手一摊："哪里都不懂。"

他没骗她，上了高中之后，他已经堕落了。

他妈对他的要求一降再降，从麻省理工毕业的高富帅降低成活着就行。

苏以沫见他满脸都是抗拒，有些为难地看着手里的试卷，突然心生一计。

"这样吧。"苏以沫说，"下一次月考，如果你能前进个五名，我就请你去游乐园，怎么样？"

市里马上就要新开一个号称全市最大的乐园。苏以沫小的时候家里穷，最向往的就是这地儿，直接导致她现在对"游乐园"

这三个字有着异常深重的执念。

盛意既然收了独角兽，那应该也会喜欢游乐场吧。

盛意缓缓抬起头："认真的？"

想请他去游乐场就直说嘛，绕了这么大一圈。

他的小姑娘还真是……可爱至极。

"嗯，认真的。"她点头。

盛意咬咬牙："行，来吧，哥就不信能被个理科弄死。"

接下来三个小时里，苏以沫先是徒手画出串联并联的或简单或复杂的电流表，后又将化学的主要公式写满三页纸。

"对了，你会配平吗？就是让化学方程式两边同时成立？"

"我听说过天平。"

"……"

"做每一道题目前要弄清楚老师出这题的意图，比如这题，你试着看看？"

"嗯，看出来了。它想让我死。"

"……"

苏以沫讲得极慢，但盛意还是听得一愣一愣的。

他愣得甚至忘记了好不容易结束后，小姑娘是如何和他告别，那之后自己又是如何一步一步走回家的。

不过，他路上碰到了周颜。

周颜怀揣一颗八卦的心，连珠炮弹般的问题还没问完，盛意黑着一张脸二话没说直接和他开打。两人在草地上滚了几圈，差点一头栽进河里酿成事故。

第四章

chapter 04

我会永远
相信你，
一如你相信我

01

周颜他爸出差回来给他带了一盒包装漂亮的巧克力。

周颜吃不惯甜腻的东西，随手就准备给他妈拿去送人，但那手刚一递，突然就想起沈清乖那家伙好像挺喜欢吃巧克力的。

小学低年级，周颜从外面疯完回教室时，正好看到她桌上放着一块巧克力，也没仔细看，摸了摸饥肠辘辘的肚子，两三口就解决掉了。

沈清乖回来盯着那一点不剩的包装纸，嘴巴一撇，眼泪顺着脸颊哗啦啦往下掉。

摔跤摔得皮开肉绽，哼都没哼一声的沈清乖，却因为一块巧克力当场放声大哭，周颜吓得又是道歉又是安慰，就差直接跪下磕上几个头。

之后才知道，这巧克力好吃却贵，小学零花钱不多，沈清乖攒了一个月才巴巴从超市买回来，结果上个厕所的工夫就被周颜给吞得一干二净。

也是那个时候，周颜开始注意到这个小麦色皮肤的女孩。

不像别的女孩子娇滴滴地抱着娃娃玩过家家，彼时父母尚且支持她的“不务正业”，于是随身携带一把木制的尤克里里，说那是她的命。

一个不到十岁的孩子一脸正经地说出“我的命”这三个字，周颜承认，当时他觉得沈清乖酷得和他最喜欢的迪迦值得一比。

自行车穿过笔直的弄堂，周颜骑到沥青色石板前停下，靠在石板上打盹的老黄猫两只眼珠子滴溜盯他，嘴里发出咕噜咕噜的声响。

周颜瞪它，一只手往口袋里掏手机，手才刚碰到金属边缘，迎面飞快晃来一个东西。他甚至还没看清来者何物，那玩意儿就哐当一声砸在自己脚边。

《五年高考三年模拟精修版》。

还是文科数学。

他吓得愣是踮脚骂了句粗话，正准备破口大骂到底是哪家干出这么丧心病狂的事，随着一记重重的关门声和那句“你走了就别进这个门”，沈清乖出现在楼梯口。她脸色阴郁，眼角发红，像是刚刚哭过。

于是周颜就这么尴尬地站在原地，脚边是她刚刚扔出来的辅导书。

一刹那，两人脑海皆是一片空白。

不是没有听过沈清乖抱怨过她那中气十足的老爸，可彼时她眼睛笑成一条缝，语气欢快得不像话，愣是把对她爸的控诉讲得和说相声一样好笑。

在那么长的记忆里，她似乎从来都是朝气蓬勃地出现在自己面前。

“呃，那个，我……我过来给你送巧克力的。”周颜立马转动他那八百年不动用一次的脑子疯狂组织语言。

“我什么都没听到。”

说完，他就想给自己来一巴掌。

沈清乖显得坦然得多，她从台阶上跳下来将书捡起拍拍灰，又对他说："傻子，我想出去转转。"

周颜咧嘴说了句"好"。

"我这两次周考撞了霉运，数学考得奇差无比，正好刚刚他又见我在写词，二话没说撕了我的草稿，说我就是因为整天写这些玩意儿成绩才下滑。我一急就火了，和他吵了一架。"

她攥着周颜的衣角，闭着眼睛感受耳边呼啦呼啦的微风。路灯明晃晃照亮一片又一片的空地，周颜将车骑得很慢，难得没和她闹，就这么认真听她说。

"我很爱他，他也很爱我，但是我们俩就是处不来。他要稳妥的现实，我要肆意的自由，凑一起就是个小型的C4炸弹，踢一脚就炸。"

一直期待而又有些惴惴不安的未来对于沈清乖来说，只要有那些轻快的字符和旋律，就隐约觉得那是明亮的。

她一直坚信那颗种子已经在那儿生根发芽。

但她爸不信。

她爸希望她考上不错的大学，找到一份不错的工作，最后成家立业相夫教子。

一如名字最后他给她取的"乖"字那样。

但现实与想象差距甚大，从沈清乖刚生下来那刻发出了异常洪亮的哭声，就意味着她与这个字从此就不会沾一点边。

"谁让他是我爸呢，谁让我是他女儿呢。"

沈清乖自顾自念叨，她抬头看向凛然耸立的天空，撕开巧克力包装，说完就往嘴里塞一个。

特别甜。

可咽下去是苦的。

周颜把刹车一捏，弦月之下他衣衫贴着后背，抹了把汗津津的额间回头看她。

“看什么看，我脸上有东西啊？”沈清乖嚼着巧克力，含混不清地说。

“沈清乖。”

“嗯？”

“我这人天生嘴笨，也不懂得怎么安慰人，但是你给我永远记得一点，无论你有什么心事、碰到什么麻烦，你都可以无条件地依赖我。

“我认真的。

“咱勉强也算半个兄弟了，反正我皮糙肉厚，你以后不高兴干脆就打我几下解气。不过也别打太重……我记得你力气挺大的。”

周颜努力将想表达的心情转成听起来十分高大上的话语，奈何近三年语文作文他从来写不满800字，这样看来，他确实是认真的。

“说得跟告诉你就能解决似的。”沈清乖漫不经心地扯起一抹笑。

小时候两人蹲街上玩蚂蚁，突然不知从哪里冲出一只凶得要死的狗冲他们狂叫，周颜当场吓得原地尿裤子，沈清乖二话没说，叉着腰挡他面前和那狗对叫，硬生生把狗给吼走了。

“我好不容易说出这么掏心窝子的话……你闭嘴别拆台。”

她总是这样，出其不意，一招致命。

那语气陡然弱了一大截，周颜咳了声：“总之，我希望你好，希望你高兴。”

沈清乖没接话。

从小到大，她听到最多的是，“你要懂事”“你要好好学习”“你要出人头地”，可是从来没有一个人会和她说“我希望你高兴”。

她和周颜认识了十年，这个人又傻又怕寂寞，有时爱耍一些小聪明，成绩平庸，长相平庸，就是这么个扔进人群就找不到的大男孩，在过往那群说着“要陪你一起天荒地老”的朋友一个个消失不见后，在她身边阴魂不散至今。

“可我不想当你兄弟啊。”沈清乖突然无厘头地说了这么一句。

细长的丹凤眼划过周颜的衣领，又往上停在那张带着迷茫的脸上，那一刻飞鸟从头顶飞过，叫声打破宁静响彻云霄。

她一眨不眨，看着对方脸上逐渐浮现那抹肉眼可见的红：“我想……”

你想什么。

“我想做你爸爸。”

她这才捧腹大笑，大声喊了句“儿子”，变回了平日里风风火火、横行霸道的沈清乖，不顾对方仿佛吞了枪子的臭脸，起身撒腿就跑。

02

“你看看这详细答案说的什么玩意儿，第六题，选项 A 在文中没有体现，B 有明显语法错误，D 与题意不符，所以此题选 C。这和没讲有什么区别。”

周颜跑过来问苏以沫题目时喋喋不休地抱怨这书物超所不值，

等苏以沫将解题过程详细地讲给他听后，这才恍然大悟地拍了下脑袋，把苏以沫夸得天花乱坠。

“你杵这儿当门神呢？问完赶紧滚。”盛意语气不善，在一旁冷不丁冒一句，“能滚多远滚多远。”

周颜在心里爆了一句粗口，我和苏大学霸说话碍着你呼吸了，还是挡着你进行光合作用了？可那话刚要脱口而出，他的目光就停在桌上写了一半的试卷上面。

“不是，兄弟，你最近是吃错药了还是没吃药啊，我们盛哥居然在刷题目，怎么的学渣当腻了想换学霸当当？”

周颜啧啧称奇，这厮像是转了性子一样，这几天和中邪一样连球都不去打了，天天就凑在苏以沫旁边在知识的海洋里遨游。月考多可怕，逼疯了一个沈清乖不说，还活生生把一个天天逃课去球场撒欢的野猴子，逼成了啃书的伪学霸。

盛意将笔一放，拿着试卷给苏以沫检查。

他伸了个懒腰，余光瞥了眼周颜跟看傻子一样：“你懂个屁。”他哪里是在学习，他是在锲而不舍、全方位无死角地讨他家小姑娘的欢心。

“那个，盛哥，作为兄弟说一句，人呢要有自知之明，凡事不要勉强自己，这样会不快乐……”周颜眼神往试卷上一瞥，第一道大题空白处独独画了个抽象派的兔子在那儿龇牙咧嘴。说完一溜烟跑了。

盛意估摸着是想去揍他一顿，刚直起身，突然想起什么又坐下，偏过头朝苏以沫勾了勾手指。

“苏以沫，给你看个东西。”

苏以沫没动，只是看他一眼：“做什么？”

“啧。”盛意有些不乐意了，“还能害你不成？”说着，他从宽大的衣服口袋内侧掏出一个粉色纸袋子放在手心，又将包装纸一层层剥开，露出里面烤得金黄酥香的黄油曲奇。他看似随意地把它放在苏以沫的桌子上，“不知道哪个塞给我的，我又不爱吃，你拿着吃呗。”他一副“看今天天气这么好我就赏你点东西”的嘚瑟样子，放在腿上的手却微微有些抖。

苏以沫停笔，看着面前包装精美的饼干，想起当初在教室门口徘徊的邻班女孩，好像也是抱着这么个东西。她们送的？应该是她们送的吧。

“我不吃，你拿去送别人。”苏以沫语气陡然冷了下来，她伸手将饼干扫到他桌上，又低头解题目。

盛意那笑容就僵在嘴边：“你别蒙我，我看你和沈清乖总去买这样的饼干回来。”

苏以沫嗯了一声，轻声说：“可我现在不想吃了。”

“那留着一会儿吃。”

“一会儿也不想吃。”像是赌气一样，苏以沫又说，“晚上也不想吃，明天也不想吃。”

“反正意思就是不吃我的呗。”原本慵懒的语调也逐渐染上一丝冷意，“那斯文败类的牛奶，我怎么看你喝得挺欢？”

“斯文败类”这四个字在苏以沫脑海里转了一圈，她才明白他指的是薄简晨。跟他有什么关系？

“一句话，吃不吃？”

“不吃。”

“好。”

盛意二话没说，抓着那饼干袋径直走到后排的垃圾桶将其扔进去，又面无表情地坐回位置上，故意把桌凳弄出很大声音，满脸写着不高兴。

苏以沫却依旧如平日里那样做卷子，语气里听不出情绪，脸上也看不出喜乐，甚至一眼都没往盛意那儿瞟。

太阳斜斜地照进来，那草稿纸上密布的数字符号末尾，是一笔一笔胡乱的划痕。

03

“你和盛意吵架了？”

背政治背疯了的沈清乖两眼一抹黑地来 2 班找乐子，正好看到盛意抱着球从她身旁走过去，正眼都没给她一个。

这货一发飙起来，方圆一公里内的人都是他仇人。

“也不算吵架。”苏以沫想起刚刚一整节课里，盛意都用余光拼命暗示自己“我生气了，快来哄我”，只得在心里重重地叹了一口气。

她从来都不擅长哄人。

沈清乖这样的女孩，大大咧咧、不拘小节，聊完一个话题，嘴里又立马蹦出另外一个，有她的地方永远不会冷场。

而苏以沫似乎天生不擅长交际，总是沉默着，把自己封闭在小小的空间里，每次与陌生人聊天都是说了上句的同时飞快地开始在心里打下一句话的草稿，确保彼此不会出现无话可聊的尴尬。每次她从题海里抬起头，远远看着其他女生自然地打闹，聊八卦、聊衣服、聊昨天看到的男生。

就像初中毕业时，别人在她的同学录上这样写：苏以沫同学成绩优异，是我们大家的榜样。

她瞥过其他人的，上面龙飞凤舞写着几个歪扭的大字：你个猪，毕业一起包夜。

她就想，原来她和那些所谓的同学隔着银河一般的距离，那边载歌载舞好不热闹，她这里寂静万里，只有BBC英文广播和新世纪物理竞赛题。

“算了不管他，他就一bug（漏洞），让他自我修复修复就又活蹦乱跳了。”沈清乖将手里薄薄的小黄册往桌上一抛，献宝似的说，“你看，我找高三学姐要的《时事政治手册》。”

苏以沫虽然学理，但毕竟曾是个学霸，对文综还是略有了解：“不是高三总复习才开始记最新的时事政治吗，你怎么这么早就开始看了？”

“这不是月考马上来了吗？小道消息说市一中分科后的文综就喜欢结合时事来出题，你说这2011年有多少事儿啊，辛亥革命100周年加上中国共产党建党90周年，还不算那些已经或正准备退役的踢足球的和打篮球的，我怀疑他们商量好了非要选择我高考前一股脑冒出来索我命。”

沈清乖不怕背，怕的就是卷子一拿发现背的全没考，考的全没背。

“唉，我们班那学神陶子苒，上星期就把这玩意儿倒背如流了。”

对方愁得掉头发，苏以沫却听得津津有味，这些是文科生的考点，却只不过是理科生饭后无聊时的几句闲扯。比起冷冰冰的公式和理论，这些新奇的新闻倒还挺有意思。

不考的都有意思。

下节课上课铃刚响没一会儿，盛意破天荒地又抱着球回来了。老许握着热茶得意扬扬地跟在后面。

这节是他的数学课。

抓了逃课未遂的盛某，老许心情十分好，拿起教案时甚至和颜悦色地说："请大家把书翻到 56 页。"

盛意将那崭新的数学书从桌洞里抽出来，既不说话也不睡觉，就撑着脑袋盯老许的脑门发呆。

老许莫名觉得脑门好冷。

今天天气好，太阳明晃晃地挂在半空中。

从窗外照射进来的阳光此时正好对着苏以沫的半张脸，不热却刺眼。

她先是眯着眼，后来干脆抬手捂着半只眼睛，有些难受地抬眼看着黑板上老师的板书。

盛意拿笔一下一下地敲着桌子，瞥了她一眼，又是一眼，然后唰地站起来。

老许被他吓了一大跳，下意识地蹦出一句："你干吗？"

盛意双手插在兜里，说："有点困了，站起来清醒一下。"

老许无语，也不管他了，将教案翻了页继续往黑板上抄例题。

盛意打了个哈欠，站得歪歪扭扭，却恰好将照在苏以沫脸上的阳光遮得死死的。

苏以沫撕了一张字条，戳了戳他。

盛意低下头，看着那张纸上写了三个漂亮的大字：

"对不起。"

顺带附赠两颗水果糖。

盯着她那湿漉漉的大眼睛，盛意心里残留的一点怒意瞬间消失殆尽。

不吃就不吃呗，他有病，没事和苏以沫赌什么气。

沈清乖有句话说对了，他不高兴了，自己消化个半天差不多都能给排解出去。

趁着老许抄题，他那骨节分明的手轻轻拍了下小姑娘的头，又飞快收了回去。

算是和解。

小姑娘，每次你用这不冷不热的态度对着我的时候，我都特别生气。

可没过多久我就又情不自禁地想对你好了。

其实我也想坚持不理你让你来哄我，可我就是憋不住主动找你啊。

04

放学时，盛意不经意问她：“你搭的哪一班公交车？”

苏以沫也没多想，随口回了句：“902。”

盛意意味深长地哦了一声。

十五分钟后，他在902车内笑眯眯地看着眼前惊讶的小姑娘和脸色不怎么好的“斯文败类”。

“你说说，真巧，咱们坐的居然是同一班车。”

盛意故作惊讶，一拍大腿，演技瞬间突飞猛进，强行挤到两人之间不要脸地说：“可能这就是缘分吧。”

缘分你个头，明摆着是故意在这儿等着他们上钩。

薄简晨顺了口气，语气颇为不善：“我记得你家好像不是这个方向的。”

“薄大学霸挺关心我。”盛意和他说话从来没带过笑，“我找大师算了一卦，说是我之前坐的那辆车和我八字不合还犯六冲，所以我特意换一辆车，改改命。”

论起一本正经地胡说八道，盛意大约已将此项技能练就得炉火纯青。

薄简晨愣是被这话噎得不知怎么接，于是干脆放弃和这bug继续纠缠，当着对方的面从书包里翻出一瓶牛奶递给苏以沫。

“趁热喝。”薄简晨说。

这个月快要结束了。

苏以沫道谢后正准备接下，却在中途被盛意一手拦截。

“你又做什么？”饶是习惯虚情假意的客套，此刻薄简晨也忍不住提了提音调，露出几分怒气。

“哎，都是同学，别见外，别见外。”盛意笑得眉眼弯弯，连左眼尾那一点泪痣都雀跃起来，“哎哟，牛奶好啊，我最喜欢喝牛奶了，正好我渴得不行。薄大学霸给苏以沫的吧，下次我亲自给她买一瓶，这瓶先拯救下快要缺水而亡的我。”

说完这句话，他看也不看对方快要杀人的眼神，偏头对苏以沫说：“可以吧？”

小姑娘，你忍心看着为你遮了一节课毒辣太阳的可怜同桌渴死在公交车上吗？

他脸上仿佛明明白白写满这一大句话。

苏以沫心软，无奈地点头。

盛意露出一个得逞的笑容，几下将牛奶喝得干净，又把空瓶子塞给薄简晨，重重地拍了拍他的肩膀：“谢谢你啊大兄弟，大恩大德以后再报。”

“盛意，你别闹。”苏以沫拉了拉他的衣角。

“我没闹。”

“我代表咱理2班和实验班建立友好外交呢。”

薄简晨握着空瓶子气得发抖，这段不到二十分钟的路程里，那张从来都是淡然的脸破天荒染上一层浓浓的冷意。

05

在老师眼里，2 班的地理位置特好。

对面是理科实验班，理科实验班往右边走两步又是文科实验班。

班级布局由邢胜利一手安排，为的是想要这 2 班好好学学人家两个顶尖班级，学不到精髓好歹也能耳濡目染学个氛围。

这直接导致三楼一边沐浴在过分安静的良好氛围之下，另一边却每逢下课就吵得山崩地裂，大有掀了房顶的宏伟气势。

文科实验班暂且中立，理 2 班和理科实验班却是向来水火不相容，理科实验班嫌理 2 班碌碌无为头脑简单，理 2 班嫌弃他们目中无人脑子有病，经常隔着一条大走廊对骂。

“对面的，吃早饭就吃早饭，能不吧唧嘴吗？”

“你们理科实验班的有病吧，吃饭也管？”

“吵着我背生物了！”

“吵死你活该，不服打一架！”

乐此不疲，好不热闹。

不知是不是因为快要月考的缘故，老许近几日有事没事就在教室外边转来转去。

他们 2 班往前走是个楼梯，靠后面还有一扇门直通楼下的小花园，老许摸熟后，有事没事就随机选择上来的路口，出其不意抓几个打瞌睡玩手机的“害虫”。

盛意有次上课时打报告去了趟厕所，回来的时候正好看到老许弯腰扒在后门门缝，镜片泛着微光，死死盯着教室里的动向。

然后他脑子一抽，溜到老许后面一拍老许肩膀，看着对方抖了抖，回过头一脸惊恐地望向自己。

似是觉得要死就得死透，盛意咧嘴露出白晃晃的八颗牙齿，问了句："干吗呢？"

那后半节课他也没继续上了，在操场跑了十圈才被允许上楼。

周颜也深受其害，他坐在最后一排靠窗的位置，有次上早自习实在无聊，就用手指头往那糊窗户的报纸上抠了两个洞，抠着抠着正好和老许那两只眼珠子对上，吓得当场失声尖叫，场面一度十分尴尬。

老许发现盛意好像不爱睡觉了。

以前十节课他能睡九节，剩下一节半醒不醒等于没醒。

而现在，他身子坐得笔直，眉头紧锁，两眼盯着手里捏得皱巴巴的试卷。苏以沫偶尔指点一两句，他这才恍然大悟般拿笔唰唰地写。

可能是以往被盛意给折磨多了，此时此刻见到如此和谐的场景，老许突然眼眶一红，仿佛看到"回头是岸"这四个金光闪闪的大字在盛意周围转啊转。

老天爷开眼。

"你这次月考一定能进步，我保证。"苏以沫改过的卷子成绩一次比一次漂亮，语气里不自觉染上一丝欣喜。

"你相信吗？"

盛意撑着脑袋盯着她一本正经的样子，扭过头看向天空，捂着嘴笑。

“信啊。只要是你说的，我都信。”

苏以沫不自然地嗯了声，脸上浮起一抹可疑的红：“又不正经。”

下课时，门口几个打扮时髦的男生手插在肥硕的裤袋里，伸头冲盛意打招呼。

庄晓，周明，唐国平。

都是平日里一起厮混的朋友。

盛意打了个哈欠，将笔记合上站起身来去外面。

周明最先看见他，嬉皮笑脸地在他肩膀上轻轻捶了一下：“球场五缺一，下节课和兄弟几个一起逃了？”

盛意摇头：“不了，我笔记好多都没抄完。”

三人和见鬼了一般互相看了看对方，庄晓笑了：“盛哥，你可别跟哥们儿开玩笑了，真是五缺一，机不可失。”

盛意还是摇头，淡淡回一句：“不去。”

几人傻了眼，以前盛意碰着这事跑得比兔子还快，今天是抽了哪门子风。

唐国平一拍脑袋，也不说五缺一了，神神秘秘地说一句：“欸，和你说件重要的事。”

“说呗。”盛意一看表，还有两分钟上课。

“陶子苒，知道吧？”

他点头：“嗯，校花，周颜他白日梦里的未来老婆。”

唐国平又凑近一点：“我怀疑她对盛哥你有意思，我和你说啊，我有个朋友是他们班的，有次看到她笔记本上面……”

“盛意。”

唐国平一愣，顺着声儿看到苏以沫小小一个站在前面，抬眼认真地对盛意说：“快要上课了，别又出去玩啊。”

唐国平第一反应就是，这小姑娘胆子挺大的。

以前有班花为例，熟悉盛意的人都知道他对女生完全没有半点兴趣，对方说得自己不高兴了也照怼过去，丝毫不留一点情面。

细看苏以沫长得挺不错的，唐国平怜香惜玉，正准备开口打个圆场，就见鬼般看盛意特乖地低头冲她点头，一直笑眯眯地盯着苏以沫转身回去了，才对他们说：“你们看，我老大发话了，真陪不了你们。”

眼底都是实打实的真诚。

“不是，你小子什么时候认了个老大？”

盛意跩得跟个什么样，也会服软？

“不久前。打也不能打，骂也舍不得，只能认栽。”盛意笑得一脸荡漾，十分愉悦地对他们说，“我老大可凶了，真的。”

凶得可爱死了。

然后他大手一挥让他们想滚哪儿去滚哪儿去，自己回教室找苏以沫刷题。

被莫名其妙抛弃的几人杵门口默默对视一眼，庄晓一拍周明的肩膀：“你看到了吗？”

“什么？”

“盛意屁股后面冒出的那狗尾巴，摇得跟个拨浪鼓似的。”

“……”

时间一晃就到了月考，考两天，第一天语文、数学，第二天理综和英语。

苏以沫分到的教室和盛意、周颜他们隔了一栋教学楼，考试期间学校取消早自习，于是再见到他们也只得等全部考完之后。

苏以沫在校门口一看到盛意，就立马跑上去追问他考得如何。

“苏学霸你偏心，你都不问问我。”周颜在一旁幽幽地插嘴。

盛意头一歪：“你有什么好问的，无非就那几句‘小腚一瘫，小腿一翻，月考俗世，与我无关’。”

“能有哪一次不拆我台吗？”

“不能。”

盛意自我感觉考得挺好，总之按他所说，绞尽脑汁且费尽九牛二虎之力，把试卷里能填的不能填的都给填上了，甚至 800 字的作文也是豁了半条命写满全部格子。

市一中老师改试卷速度奇快，学校一般都将考试时间设在周四周五，最后一门英语结束，就连着上几场考试的卷子一起送到学校的大礼堂。各科老师早已坐了满满几排，电脑开着，手机充满电，白炽灯将偌大的礼堂照得透亮。

邢胜利拿着喇叭站最前面主持大局，招呼着老师们按顺序传阅试卷现场批改，与此同时读卡机哗啦啦扫描几大摞答题卡，批改老师个个面无表情，鼻尖上泛着油光。

盛意形容，场面之壮观，不亚于一场小型的传销大会。

熬过一个周末，一大早单亦行如赴死的战士般从办公室拿回了各科试卷和总成绩单，招呼着课代表们分发试卷。

“完了，我紧张。”

盛意头一次验收勤劳成果，看着那白花花的卷子满天飞，不由得感慨：“我以前从来没有这种感觉，反正早知道无论怎样都是不及格，只不过是分数低一点的不及格和分数高一点的不及格而已。现在不一样了，要是努力之后还是不及格，我就一头撞死在这墙上。”

他一紧张不但话多，还非得找个人一起说。

“苏以沫你别写了，你和我说说话，我紧张，真的，不骗你。”

“放轻松，只是月考而已。”

周围闹哄哄一片，她却如往常一样安静算着实验班的课后习题，嘴里正安慰着，一张卷子啪嗒拍在她桌上。单亦行手里还抱着一沓，在那儿大呼小叫：“苏以沫厉害啊，这次这变态数学题还能得满分。”

比起单亦行，苏以沫就显得平静得多。因为不需要订正，她接过来放在桌子右上角就再也没管它，盛意看着叹了口气：“学霸就是学霸，我要是你，我就拿着试卷从一楼跑到顶楼，路过一人就把试卷拍在他脸上告诉他，我就是夜空最亮的星星。”

一张薄薄的卷子飘在“星星”眼前。

盛意还没来得及抬眼去看那分数，苏以沫眼明手快一把夺了过来，眼睛飞快地扫过最顶上，手还微微发抖。

90分。

150分的数学卷子，盛意上高中的五百多天里破天荒拿了一个擦边球。

盛意倒吸一口气，仿佛不敢相信般将嘴巴张得老大：“我去！我就是个……天才。”

“是，你就是个天才。”苏以沫语气里是说不出的喜悦，看着这90分的卷子比看她那150分的不知激动多少倍。

也不知道为什么。

老许坐办公室里看着那排名表，心里笑开了花。

先不说总体成绩，理 2 班本就先天条件不足，许蒋胡也没打算第一次月考就打着一超多强的旗号往前，但班上前两人的排名，足够他在别的老师那里炫耀到下一次考试。

理科实验班一共 45 人，以前每次考试几乎次次都包揽前 50 名，极少数有掉到 50 名之后的学生。这也意味着普通班的第一名，最好也就是在 40 名左右晃悠。

但被喻为最差的理 2 班在年级前三占了两个名额。

大礼堂里阅卷的老师愣是算了五遍。

苏以沫，年级第二。

夏一一，年级第三。

而最让他头疼的盛意，这一次不但数学及了格，总体成绩也相较上一次进步了六名。

看到排名表的一刹那，他激动得差点把杯子给摔了出去，难不成前天去佛堂拜一拜真的有效？

“夏一一，只比你少了 2 分。”

盛意从单亦行那儿抢了排名表，破天荒地认真看。

这个女孩子他好像没有什么深刻的印象，不过话说回来，除了苏以沫和沈清乖之外的女孩他都没什么印象。

坐最前面一排，戴副厚重的黑框眼镜，平日里不爱说话也不爱参加集体活动，不是在位置上写题，就是看着窗外发呆。

“理 2 班出人才，有人要超过你了欸小姑娘。”

盛意自从看到自己的排名前进了六名之后，看这表就越发顺眼起来。

话音刚落，夏一一就轻轻敲了敲苏以沫的桌子。

“可以帮我讲讲这道题吗？”她扯出一个淡淡的笑容，手里拿着145分的数学卷子。

扣了最后一道选择题的分数。

“当然，我看一下……这题你要把题目中的值代入这个公式……”

夏一一的理解水平比盛意不知好多少倍，只是简单点拨几下就写出了这题的解法。

她将A4纸订在一起用作草稿纸，苏以沫注意到那纸的边角已经皱皱巴巴地往上翻，一看就是用了很久。

“你平时几点睡呢？”夏一一像是不经意地问。

苏以沫将笔尖抬了点：“作业少的话，十一点之前吧。”如果是做实验班的题目，估摸着就往一两点蹿。

不过后一句，她没打算告诉夏一一。

对方点点头，又拿红笔订正错误，偏头瞥了一眼桌子右上角满分的卷子。

“真厉害，我拼尽全力也没能拿到满分呢。”

她在心里说。

“你不觉得她很奇怪吗？我说不上来，就觉得她装着挺多心事的样子，和你说话的时候语气平淡得像盛着一潭死水。”

夏一一走远了，盛意才轻声说。

苏以沫立马拿笔敲了下他的脑袋：“你有空管别人，不如想着怎么把自己的成绩继续往上提一提，你看着100分的理综不觉得它很可怜吗？”

“啧，你别把祖国的花骨朵给敲傻了，它可不可怜我不知道，我就知道我挺可怜的，人善被人欺。”

“你又贫。”

“不服可以单挑，我让你三回合。”

这边两人难得放松开着玩笑，夏一一坐在自己的位置上，从书包里拿出小镜子漫不经心地调了个角度，正好对着苏以沫勾着笑容的面庞。

皮肤很好，笑起来也很好看。

她啪嗒一下将小镜子合上。

晚上放学夏一一以最快的速度收拾好了书包，照例从后面绕到对面，有些不安地拉扯几下有些皱的校服衣摆。看着实验班的学生蜂拥而出，她故意将步子放缓一点，好久才看到那瘦高的身影从教室里出来，手里抱着几份试卷。

“薄简晨！”

听到后面有人叫住他，薄简晨回头，面无表情的，伸手不轻不重地捶了下那男孩的肩膀。

“我说，你下次自己去找班主任要她的教案笔记。我一去，她就特顺口地让我帮她批改作业，逃都没法逃。”

“哈哈哈，那不是年级第一的面子大一点嘛，改个作业用不了多少时间，下次哥们儿请你吃饭。”那男孩搭着薄简晨的肩膀和他一起慢慢走远，直到消失在走廊尽头，夏一一才收回目光。

天已经黑得越来越晚。

背着洗得发白的书包，一脚跨过面前的水坑，那个水坑她踩过三次，每次泥水溅到她的脚踝，她总要尖叫着跑回家。妈妈拿着锅铲站在门口大声呵斥着她这个心不在焉的女娃，而她急急忙忙换袜子换鞋子，再在那谩骂声中一溜烟往学校赶。

乐此不疲。

母亲无业，是个天天要操心如何买到打折蔬菜的中年妇女。父亲是工地里一个小小的包工头，酗酒、打牌，这么多年工作也没什么长进，可好歹勉强能支撑三人平日的开销。

她家在一片连在一起的出租屋内，街坊邻居就挤在矮小的房间，周围是永远带着霉味的弄堂和污臭的下水道。每天她都要走半小时到公交站台，再坐一个小时的公交车去学校。

所以大多数时候往往天还是黑漆漆一片，她就得从被子里爬出来刷牙，有时她出门或回来的时候便可以看见隔壁家那个先天智力受损的十岁孩子，天天围着破旧的阳台对着唯一的小汽车傻笑，她盯着他，他便咧嘴对她笑。

这样没心没肺地活着，也是不错的。

刚刚在教室，坐她后面那人可能是想凑单，顺口问她要不要去学校对面新开的咖啡店试试冰美式，第二杯半价。

几乎是没有犹豫，她摇着脑袋拒绝。

她一直不能理解咖啡这种苦涩的饮品，又苦又贵，一杯抵掉她一天的饭钱。

夕阳落下满地的余晖，门口卖糖葫芦的大妈抱着长棍准备离开，夏一一捏着书包带想着要不要和父母说说买一辆自行车，天天掐着点挤公交车实在是太不方便。

推开那扇满是划痕和广告的防盗门，她一边换鞋一边说："妈，我……"

声音戛然而止，视线所到之处，女人坐在阳台上，就着外面昏暗的光线双手数着破碎的零钱，她保留着以前人的习惯，数几张便要将手指放进嘴里舔一下。

夏一一以前说过不卫生，她却反驳钱这样的好东西再怎么样也不会有事。

钱，确实是个好东西。

“一一回来啦。”她抬头，笑出一片皱纹，“菜在锅里，你热一下赶紧吃了。”

夏一一转过头背对着她往厨房走。

“又得交学费了，这个月我再省省就差不多了。”

她似是卸下了重重的包袱，过了一会儿又抱怨了一句：“作孽哦，你爸酗酒打牌也就算了，学费还一年比一年贵。”她突然想起什么，“对了，你刚刚想说什么……”

夏一一盛饭的手陡然僵硬了一秒钟，她把饭勺插到电饭煲里：“我想和你说……”她回头，确保自己笑得灿烂极了，“我这次月考，考了年级第三名，和第二名只差了 2 分。”

暮色四合，黑色终于吞噬了整个天空。

像是挣扎在生活边际的人们，从来都是迎着这样的黑暗穿过明媚而又亮堂的商业广场，跃过光鲜亮丽穿着时尚的年轻女孩，慢慢挪回属于自己的一片狭小空间。

她长大后要做些什么，像普通人一般朝五晚九，做着一份简单而又薪水微薄的工作，想着每月的房租和水电费用，她不由得打了个寒噤。

她记得初三的同桌是个既腼腆又善良的男生，一人承包着自家小区所有流浪狗的口粮。夏一一偶尔说给他听，他只是说：“夏一一，要是你有钱就不会这么想了，正是因为你没感受过被人羡慕的感觉，才会胡思乱想这么多。”

他毫不在意地说：“长大后人是会变的。”

于是夏一一问他：“那你想不想长大？”

他挠挠头，想了一会儿，还是点点头。

对于一个十几岁的男孩来说，长大是一件很酷的事。

“怎么说呢……”他又挠头，“长大的话总会有代价吧，想要得到想要的，总得去做一些可能看上去不那么好的事情。”

对，长大总有代价。

06

“你怎么回事？”

“就那么回事。”

盛意面无表情地看着邢胜利将办公桌敲得哐哐作响，室内的摄像头对着他，有一下没一下地闪烁红点，闪得他脑瓜生疼。

被揉成一团的字条放在桌子正中间。

盛意眼前没了聚焦，那滔滔不绝的话语远得像是跑到了天际。

“作弊也就算了，考试结束你还把字条随手丢在课桌下，怎的？炫耀？觉得自己很了不起？”

邢胜利将字条摊开，上面写满了数字和字母，和他考的那门数学的答案如出一辙。

“是，这次监控是坏了，但是物证在这儿，你不会告诉我，你第一次见这玩意儿吧？”

还真是第一次见。

“平时张狂得不行，怎么敢做还不敢承认了？你这种学生，我见多了。”

所以呢？

所以凭着一张放在我考试位置下的字条就判定我作弊？

他脸上没有丝毫波澜的平静，一人早就莫名其妙被叫到这里，不由分说地，扣上个莫须有的罪名。

盛意以为自己会掀了桌，潇洒地转身留下一句“你盛哥身正不怕影子斜”。

但他没有。

他就站在这儿，听着对方劈头盖脸骂了他将近半个小时，没还一句嘴。

如果他的幼儿园老师看到这一幕，一定会热泪盈眶，感慨盛意小朋友终于能够乖乖听老师的谆谆教诲，而不是顺手从后面抽屉摸出一块饼干或者是站着打瞌睡。

想着想着，他忍不住笑了。

邢胜利那话僵在嘴边，气得连嘴唇都在发抖，他指着盛意，指着指着，好半天才蹦出一句：“孺子不可教也。

“你爸妈养了你十七年，就是看你杵这儿丢人？”

额前细碎的刘海微微挡住眼前一点视线，他不慌不忙地撩拨几下，随后将歪斜的身子稍微调正些，这才慢慢抬眼。

很多词语在嘴边萦绕，连周颜都承认他是个说话能把人给噎死的主儿，和沈清乖宛如孪生兄妹一般有事没事就蹂躏着他幼小的心灵。

“谨记您的教诲，下次一定将小抄仔细地销毁，绝不给您留下发现的机会。”

这话说完，他双手插在裤兜里，吊儿郎当地开门走人，全然不顾邢胜利在后头用处分作威胁。

吵死了。盛意想。

苏以沫站在教室门口，眉头紧锁。

盛意已经离开了一个小时又二十分钟。她今天上午因为家里的一些私事请了假，晚了好久才来，这事还是沈清乖发短信过来她才知道的。

老许刚往教导处赶，却让她自己在班上待着，哪里都不要去。

“作弊”“字条”“处分”，零散的词语充斥着她整个脑海，本来都好好的，怎么就突然被人举报，在盛意的考试位置下检查到了残余的小字条？

她想不通。

“还有三分钟上课。”

苏以沫瞥了一眼不知道什么时候站在她身边的夏一一。夏一一没戴眼镜，眼下的黑眼圈比以往还要重，但语气却是难得的平顺，甚至对苏以沫笑了下，比起昨天那个勉强虚假的笑容，这个要好得多。

“嗯，我就在这儿等一会儿。”

苏以沫用着疏离的口吻，像是一道休止符，终止了接下来的所有话题。

夏一一却自顾自说着：“你不用担心他，我听说盛意家里条件很好，父亲很有本事，就算是作弊，他也不会有什么大事……”

苏以沫突然侧过脸看她：“你不要乱说。”

平日里她对待每一个人都是温柔客气，借笔会把笔尖对着自己再递过去，和朋友吃食堂会顺便把对方的那一份也刷了，别人问她问题，她会放下手里的事情耐心地讲解。

她好得过分，但不代表没有脾气。

“首先，我可以保证盛意没有作弊，他是被冤枉的；其次，无论他如何，和他的家庭无关。相应的，无论他的家庭如何，也和他这个人没有丁点关系。”

似是被那冷冽的话语给吓住，夏一一有些尴尬地低下头，遮掩了目光，唯唯诺诺地说了句：“我不是那个意思……”

而后说的什么话，苏以沫都没什么心情听了。她看了眼时间，离上课还有一分钟，她一跺脚就往外跑，没走几步像是想起了什么，又连忙回到座位从书桌里抽出几本作业和试卷，然后冲了出去。

过了好久，直到苏以沫的身影远去，夏一一才缓缓抬头，她从口袋里把有点掉漆的黑框眼镜戴上，一言不发地看着前面，然后露出一个轻蔑的笑容。

盛意的手机从刚才开始就一直在嗡嗡地振动。

他扫了眼，无非是老许、周颜、沈清乖和一大群称得上是朋友的人打来的电话。

按下关机键默数三秒钟，手机终于消停下来，盛意打了个哈欠抬眼看天，眼前却是一片迷茫。

苏以沫知道了吗？苏以沫肯定知道了。

她会怎么看他，身为年级第二的学霸，同桌却是一个不好好学习，还想着走邪门歪道的学渣，从哪一点看，都完全比不上那个品学兼优，被老师捧在手心里的薄简晨。

其实被冤枉也无所谓，他是真的这么觉得，从小到大他就是个活生生的背锅侠，所到之处基本上鸡飞狗跳不得安生，无论发生什么坏事，大人都会本能一般先将目光投在他身上。

但现在的他无比清楚，他是在意的。

十七岁的大男孩纵使再自大狂傲，内心还是在意别人的目光，在意这么久的努力能否完全变现为美好的结果。

风将树梢上的叶子吹拂到地上。

他揉了揉鼻子，终于知道自己为什么有点矫情有点难过了。

他可以接受其他人的非议，可以接受本不该接受的处分，但唯独接受不了苏以沫可能露出的失望眼神。

就像是一把刀子，深深扎在他那密不透风的心口。

“找到你了。”

那声音喘着气儿。

盛意转身难以置信地看着小姑娘站在他的身后，脑子里一片空白。

“你怎么跑这儿来了？”他嗓音有些哑，手插在口袋里，指尖却微微发着颤。

还好，她看不见。

盛意发誓此时此刻自己看上去一定落魄得像一只丧家之犬。

“我先问你。”苏以沫应该是跑过来的，此刻气喘吁吁，她一步一步向前靠近，凝视着他的眼眸深处，“刚刚在教导处，为什么要承认没有做过的事情？”

盛意自嘲般笑了下：“小姑娘，你怎么知道我没作弊？这次监控出问题，我桌子底下又被发现了那门考试的答案，而我这个人，三天两头闯祸写检查，学习差品德差，这样总结起来，我不作弊似乎都对不起我这‘光辉伟大’的人设。”

他是没作弊。

他也想对着邢胜利吼出这一句。

但在与那双锐利的眼眸相对的那一刻，他脱口而出的却是“谨记您的教诲，下次一定将小抄仔细地销毁，绝不给您留下发现的机会”这句破罐子破摔的烂话。

因为他明白，无论他如何辩解，都不会有人相信他，相信他这样一直疯玩的差生有一天会回头是岸。

“你回去吧，让我一个人静一静。”他退后了几步，语气带着一丝浅淡的疏离。

苏以沫却像是没听见，走过去踮脚将手放在他的头顶，有些吃力地拍了两下。

就像以前他总做的那样，轻轻拍两下，然后飞快地收回。

他有些诧异地看着对方。

“我相信你。”

苏以沫对他露出一个柔和的笑容：“我永远相信你。”

盛意难以置信地傻眼了。

她又絮絮叨叨地说：“这只是一次月考，考试的范围也仅仅只是这段时间的知识点而已，我让你做的那些习题册摞在一起都堆成一座小山了，成绩怎么可能不提高？

“还有，我已经帮你在邢主任那里证明过了。你放心，他不会给你下处分的，不过就是下一次月考他可能要重点关注你的成绩……”

她说这些话的时候，盛意就这么一眨不眨低头看她。

“盛意。”

“嗯。”

“你有在听我说话吗？”

“嗯。”

听得挺认真的。

这个让他有点兴趣，平日里沉默胆怯的小姑娘，此刻站在他的面前仰着头，像是一个无坚不摧的勇士。

她说她相信他。

她多好。

很没种地承认，那一瞬间，他眼眶好像湿了。

于是他又退后一大步，对着身旁那个绿色垃圾桶用了吃奶的劲儿踢上去。伴随着因疼痛而不由自主爆发的巨大哀号，他蹲下捂着脚，眼泪噼里啪啦地往下掉。

“我去！太疼了，把哥给疼哭了。”

苏以沫特配合地点头，甚至认真地补充一句：“我小时候去打针的时候，也经常疼哭，一点都不丢人，真的，连芭比娃娃都哄不好我。”

最后实在憋不住，苏以沫没心没肺地捂着脸大笑。

头一次，笑得这么没形象。

在这小树林里，一人哭，一人笑，两人相对着。

苏以沫冲向办公室的那一刻，老许正和邢胜利吵得面红耳赤不可开交，她猛地将门推开，争吵声戛然而止，两人一齐望向她。

她突然想起了很多事。

曾见过为了一个玩具在地上撒泼打滚的孩子，也见过理不直气也壮地和老师抬杠的学生，且不说他们对不对，苏以沫只知道这些从来不会发生在自己身上。

不像现在口袋里总有一点零花钱，很小的时候家里条件很不好，住在一条又黑又脏的巷子里，父母早出晚归，每天拖着疲惫的身体回来的时候，她就拿着拖鞋小心翼翼地等在门口。

她穿的都是堂哥堂姐剩下的衣服，不好看没关系，袖口长出一大截也没关系，那些是不要钱的，不要钱就意味着父母可以不为了这点钱露出那种疲惫的表情。

后来，家里的条件慢慢变得越来越好，甚至算是有点钱，妈妈去世，父亲再婚，她却改不掉以往的习惯，有什么想要的只会憋在心底，不给别人添麻烦，不撒娇不委屈，懂事而又乖巧。

她就这样活了十七年，然后遇见了盛意，从第一眼看见，就无法从脑海中抹去的人。

漂亮、危险，看起来凶巴巴的，像只狼。

他这个人性子刚，带三分飞扬跋扈七分老子天下第一的气势，说一不二，凌厉而决然。

那么多次看着他和他的朋友谈笑风生好不快乐，有那么一瞬间，苏以沫很羡慕他。

很羡慕恣意的盛意，张扬的盛意，偶尔中二的盛意，被很多人认识喜欢的盛意。

夕阳下少年眼底流动着温暖的神色，比起规矩得令人乏味的自己，他鲜活得像一盘五十六色的颜料。

最初想竭尽全力帮他，除了老许的托付之外，其实从私心来说，她是想帮帮那个藏在心底的，永不见天日的自己。

“你都不知道，苏以沫在办公室有多厉害，拿着那个什么……”周颜卡了一下。

沈清乖拍了他一巴掌，提醒道：“苏以沫给他出的习题啦。”

“对！习题！上面有盛哥你的笔迹，那个栽赃你的人虽然笔迹模仿得跟真的似的，但是仔细对比之后就知道不是你。后来老邢又非说是别人给你传的，反正就是不相信你没抄。

“苏以沫直接给老许翻出了你考试的座位表，把前后左右的考生都给找了一遍，没一个人说你作弊。”

他模仿起人来惟妙惟肖，把桌子使劲一拍：“真的，我以前看苏以沫柔柔弱弱一女生，愣是把桌子拍得震天响。老邢吓了一跳后，她又拿出了你做的那些卷子，表示如果让你再做一遍的话也完全没有任何问题，这才勉强解除了你的嫌疑。”

周颜当时急得在门口直蹿，都打算直接踹门帮着老许吵。苏以沫却三两下将这事儿给解决了，出来时满脸通红的老许怄气一般喝了半瓶水，然后满口袋找烟盒，可能是想到自己两个学生还在跟前，最后只得作罢。

“我自己带的学生，我能不知道德行？”

他大概是唯一一个会为了“疑似作弊”的学生和教导主任正面“刚”的班主任。

周颜对他的好感度直接上升了好大一截。

盛意听着对方滔滔不绝，敷衍地点点头。

距离作弊风波已经过去一个星期，它像是一个小小的插曲，砸出一小圈浪花又很快销声匿迹，生活依旧继续，数理化依旧难得让人想要砸墙。

盛意很少去打球了，下课也学着苏以沫安静地坐在位置上解题。庄晓他们有时候在窗台扒着默默看一眼，很默契地走开不去打扰他。

“你说我得写多少题目才能真的做好一份试卷？”盛意偶尔订正完一整张卷子的时候，看着比黑色笔迹多得多的红色痕迹，有些颓废地摸了把脑袋。

“我感觉每一道题的知识点都是固定的，明明已经懂得了这个知识点，可是当我下笔的时候，脑子里就是抓不住解题的思路。”

对此，苏以沫的回答十分精简又准确：“做少了。”

她记得初一刚开学，自己懵懵懂懂的，小学是在镇子里读的，每天最开心的事情就是在下午两点半之后得到一块沾满冰糖的饼干。她跟着其他小朋友一起疯玩了六年，结果上了区重点的第二天就来了一场摸底考试，说是考小学的知识，但其实一半都超纲。

拿到那份试卷的时候，她只会写前十题。

但其他人写得飞快，有几个甚至不到半个小时就交了满分的试卷。苏以沫羡慕地看着那一张张扬扬得意的脸，死也想不通，都是刚刚小学毕业，他们为什么会做这么难的题目。

那之后过了好久，苏以沫才知道他们绝大多数在暑假就去上了衔接班，考试的内容衔接班几乎都讲过。又或者，区重点的小学从来都不发带冰糖的饼干，只会印一大堆各类题型的卷子，包含各类竞赛题和思考题。

从那天起她疯狂地开始做题，哪种类型不擅长她就去书店买这一类的书，势必做到只要扫一眼就能看出这题要考的知识，要用的公式，要注意的失分点。

谁也不知道，高中数学能拿满分的苏以沫，在初一的时候也只会做一张试卷的前十题。

盛意听完就露出了痛苦的表情，但他没选择的余地，这是一场为了“尊严”而战的赌约。

在家的时候盛意还得继续挑灯夜战，头一次打开他房间那盏落灰的台灯。

如若不在这段时间把苏以沫给他的辅导书做完，凭借他几乎没有的基础，根本不可能在下一次的月考中把名次继续往前提。

他妈有时候抱着小猫，一边从缝隙中窥视，一边向盛意他爸兴奋地招手，那个西装革履的男人于是听话地放下电脑朝她走过去。

“是你儿子疯了，还是我瞎了，他居然在写题？”

盛意他爸温和地摸摸自家妻子的脑袋：“他总会长大。”

“哥不仅长大了，还成熟了，熟透了。”

盛意这棵长歪了的小树苗绕了个圈又长回到太阳下，在第二次的月考里如同黑马一般又稳步前进了五名，至此，他的六门科目的成绩基本上都到了及格的边缘线。

这场赌约，他终于赢了个漂亮的翻身仗，邢胜利的怀疑不攻自破，老许也终于挺直了腰板在教师大会里轻描淡写地表示自己的学生要么不学，要么学起来就跟坐火箭筒一样拉都拉不回来。

盛意问老许：“平日里我说胃疼要请假，你连眼皮子都没抬就拿直尺要抽死我，怎么我说我被人冤枉作弊，你就信了呢？”

老许当时在改卷子，叹了口气：“你是皮，但我知道你是怎样一个人，这就够了。”

想了想，老许又说：“你知道吗，我可以保护你，但保护不了你一辈子。”

盛意站那儿好久，才低头笑着说：“知道了。”

“知道了就滚。”

那一年孙燕姿发布新歌《世说心语》，连苏以沫这种“两耳不闻窗外事，一心只读圣贤书”的典范也忍不住在下课的时候偷偷摸摸戴上了耳机。

我又起飞了

我是自由的

随风旋转着

开心唱着歌

一个人的人生往往在兵荒马乱与患得患失中走向命中注定，你曾遇见过悲伤和恐惧，承受过委屈和蜚语，因梦想破灭而止步不前，因无可救药的欲望而疲惫不堪。

石火光阴，岁岁可惊。

这是人生。

第五章

chapter 05

对不起，我不值得你对我这么好

01

单亦行将篮球友谊赛的通知单拍在盛意的桌子上，后者趴在桌上刚刚醒来，左脸颊上还留着几道睡痕，一脸不耐烦地对上他那狗腿的表情。

“盛哥，我记得你去年还是我们学校篮球校队的。”

盛意上节课算物理题算得无比烦躁，此刻困得看人都是重影。

单亦行嘿嘿地傻笑，自动忽视他那杀人的眼神，顺势就往前面一坐，拿着矿泉水瓶垫着下巴，谄媚地念了一句：“盛哥啊……”

“有屁快放。”

“这不，友谊赛快开始了，学校的规矩是两两对决。我早上去抽签，第一把抽了个实验班……你也知道我们理 2 班，虽说人才济济，但在球类运动这一块，也没几个能人，我找了一圈人才勉强凑齐了四个人，所以我就想……”

“不去。”

去年参与了一次，那种“友谊第一，比赛靠边”的活动没劲到爆炸，还不如写题。

单亦行哎哟一声：“行行好，江湖救急，知道你近来学习热情高涨，但是我们一向奉行劳逸结合，偶尔也需要放松放松。你看，要是得了第一，社会实践分还能往上加一加。”

见盛意依旧没有半分兴趣，单亦行愁眉苦脸，又把希望放在了苏以沫身上：“沫沫，你和他关系好，你劝劝你同桌。”

苏以沫还没说话，盛意一脸震惊地偏过头，将单亦行从上往下打量一番。

“叫谁沫沫呢？”

单亦行被盛意那眼神吓得往后移了几步：“就……就觉得这样叫顺口啊，人家苏以沫都没说话，你急什么？”

盛意又把头偏向苏以沫，指着单亦行：“他叫你沫沫。”语气里一股子委屈。

苏以沫无奈地叹了口气：“盛意，你别闹。”

“我也要叫你沫沫。”

“不行。”

他一副怀疑人生的模样，将手里的草稿纸揉成一团，可怜兮兮地念叨着：“盛意好惨一男的，爹不疼，娘不爱的，最后还被同桌始乱终弃。”

苏以沫手里的 0.7 自动铅笔啪嗒断了。

看热闹不嫌事大的单亦行笑得开心：“盛哥，这词不是这么用的。”

面对单亦行，盛意的笑脸立刻垮了：“你还有事吗？没事回自己座位上去。今天老师布置的作业做完了吗？没做完滚去做。”

单亦行撇嘴，又自言自语：“就那个理科实验班，你说他们学习上争第一也就算了，篮球赛还放话夺第一，大前锋还是薄简晨那个学霸……”

“你说谁？”盛意猛地抬头。

“啊？实验班的大前锋薄简晨啊，听说人家以前初中的时候，篮球打得溜到不行。”

就他那不入流的破技术。

盛意意味深长地点头："嗯，把我名字写上吧，顺便也给我安排个大前锋的位置。"

写了名字，盛意才发现，周颜这厮也在名单之中。

其实周颜也不想参与，但上周语文课，他躲在下面看《鬼吹灯》，看得热血沸腾久久不能自拔，再一抬眼就看见窗户外面老许死死盯着他。

老许手持手机，对着他那惊恐的脸就是咔嚓一张。

他的心顿时凉了半截。

下课他去办公室主动上缴"证据"，老许不紧不慢地先是给小盆栽浇浇水，后抿了口茶，四十五度角盯着天空，最后才幽幽地表示，这学期想拿回去也行，就是不久之后有场篮球比赛，咱班缺人，弃权的话有点可惜。

周颜当场拍着胸脯信誓旦旦说："放心，老许，道理我都懂。"

他转身回班告诉单亦行："你就在盛意面前使劲夸薄简晨，往死里夸，夸得天花乱坠，最好顺便带上苏以沫，不是兄弟吹牛，保准盛意上钩。"

人精一样的周颜在盛意面前依旧一副老实样，得知盛意也参与后露出十分惊讶的表情，演得跟真的似的，捶了把他的胸口。

"兄弟，篮球一线牵，珍惜这段缘。"

02

周末盛意建了个群，将苏以沫、周颜、沈清乖一起拉了进来。

群名相当顺口好记：吃饭睡觉打周颜。

苏以沫一看盛意和周颜的微信名就忍不住笑了。

一个是“工地少年与砖”。

一个是“薄情少年与海”。

薄情少年与海：我寻思着盛哥建这群的意义就是为了埋汰我，你们怎么看？

沈清乖：我觉得你挺有自知之明，这点值得表扬。

苏以沫：+1。

薄情少年与海沉默了一分钟，截了个退出群聊的图。

周颜吵不过盛意，心里又怄气，有事没事就在群里发盛意的糗事。

刚上初一那会儿，深陷中二病无法自拔的盛意小朋友正和别人玩《三国杀》玩得不亦乐乎。当时他们班的班长，据周颜形容长得一副冷酷模样，一个人走到垃圾桶前面开始撕一大沓堆得像小山似的纸，碎片落得满地都是。

盛意本来一心扑在牌上，冷不丁想起来今天他是值日生，猛地从位置上蹿过来，扯着嗓子不乐意地吼对方吃饱了没事做，低下头才发现对方撕的都是奖状，金灿灿的。

盛意一愣，问他干吗把这些都给撕掉，后者却轻描淡写地说：“反正也没什么用，占地方。”

连奖状都可以随意撕，看起来是个狠人。

盛意头一次瞅见酷得这么令人发指的人，一下子就被震撼到了，当天就萌生了模仿的想法。

于是他回家后翻箱倒柜，翻出了他爸从公司带回的文件，站在阳台上，一句话没说，一边撕一边故作忧伤地看着明媚的天空。

他妈从背后冒出来，看了一眼那变成碎片的文件，又看了一眼不太想承认是亲生的傻儿子，问他：“你干啥呢？”

盛意脸不红心不跳地重复他那班长的话：“反正也没什么用，占地方。”

然后，他就被他那过分活泼的妈给打了一晚上。

这么长一段话发完，周颜立马下线闪人。不过没过多久，盛意就发了一张周颜扭曲着脸的照片——他直接杀到对方家里揍人去了。

沈清乖和苏以沫哭笑不得。

与实验班的篮球赛时间定在周三晚上放学之后，老许那天破天荒地穿了一身运动装，踩着一双死贵死贵的球鞋，特意跑到教室里说了一大串有的没的，什么成绩退步上课不听，最后绕了半天才终于扯到篮球赛上，意思就是一个，球可以打，也别太当回事，千万别影响学习。

结果转头，他就一脸认真地把盛意他们叫到一起问他们怎么安排的，有没有把握赢实验班。

“其他人不足为惧，主要是实验班那个戴眼镜的斯文败类，去年我与他交过一次手，爆发力不错，凝聚力也不错，能带动队伍。”

老许果然和盛意处于同一频道之上，不过听完盛意对别人的形容就往他那后脑勺使劲一拍：“你没事别给人家薄简晨起外号。”

“不是，你反应这么快就知道我说的是谁？”

明摆着你也这么认为。

老许又不客气地给了他一巴掌。

盛意这段时间因学习而被压抑的天性此刻又回归欢脱。

“小姑娘，你下课来给我加油啊，看我怎么把实验班虐成狗。”盛意抱着球走的时候对苏以沫说。

看着对方好脾气地点头，他想了想又叮嘱：“记得给我送水，一定要给我送水。”

他妈看的狗血言情剧里，十个有九个都是这么演的。

苏以沫笔记记到一半，像哄小孩一样满口答应他才将他给哄走。

她继续做剩下的一点题目，停笔的一刹那，身旁的窗玻璃被人敲了敲。

薄简晨穿着白色球服，嘴角扬起一丝微笑：“怎么不去体育馆看比赛？”

“等我一个朋友一起去。”

沈清乖今天值日，苏以沫和她约好了一会儿一起去。

薄简晨点点头：“我记得今天这场是我们两个班对决。”

“知道，我们班长抽的签，抽完回来就疯了。”

理 2 班和理科实验班不合几乎是全年级都心知肚明的事情。

“我听说盛意这次也参加。”

“对，他篮球打得挺不错的。”苏以沫想了想，又补充一句，“和你一样好。”

初中的时候，薄简晨在学校还赢了不少比赛。

“那你觉得我和盛意，哪个能赢？”

他冷不丁抛出这个问题。

苏以沫噎了下，薄简晨如果问的是别人，自己铁定会信誓旦旦回一句：“那还用说，肯定是你啊。”

但那人是盛意。

是那个嘴里嚷嚷着自己无所不能的盛意。

好半天，她才开口：“不知道呢。”

沈清乖好不容易将教室打扫干净才急吼吼地来找苏以沫一起去体育馆。

市一中难得举办考试以外的课外活动，馆内观众席早已围着一大群人，尤其是最前面，几乎全是女生，嘴里欢呼的不是“盛意加油”就是“薄简晨好帅”。

“这两人的粉丝团可以啊。”

沈清乖嘴里念着“借过”，一路拉着苏以沫挤到最前面，两人趴在观众席的栏杆上观战。

这一看才发觉盛意和薄简晨在球场上的位置居然都是大前锋，一黑一白，面无表情地互相瞪着，空气中弥漫着一股子浓浓的杀气。

你瞅啥？

瞅你咋的！

比赛一开始，盛意先拿球，绕着薄简晨就将球给带了过去。周围三四个人防盛意，盛意掐准时机，一套漂亮的假动作将球传给了斜前方的周颜。

周颜护着球跑，眼睛往右边瞟，刚要投个三分球，跑着跑着就撞实验班里一个身高一米九的大块头怀里去了。

苏以沫将栏杆一踹，气急败坏地对着周颜吼：“是不是傻！”

周颜撞得眼冒金星，薄简晨趁机夺球，转身就是一个精准的投篮。

对手得分的一刹那，盛意忍不住仰天长啸。

沈清乖已经懒得看比赛了，她抬眼看了看周围黑压压一片的女生，说：“有时候我就不明白了，你说他们俩，一个又冷又无趣，一个又二又暴躁，怎么就这么吸引女孩子的注意呢？”

沈清乖觉得那两人在她心中除了脸能看外，其他也没什么能看的了。

“不过，后来我就明白了，现在不是流行什么玛丽苏小说嘛，男主都是什么又痞又酷的坏孩子，又冷又禁欲的高冷学霸。你看放眼我们市一中，除了盛意和薄简晨，谁能满足少女的内心啊。”

为此，她也跟着看了些玛丽苏小说，才翻几页就被剧情雷得五体投地。

写出这种小说的都是人才。

苏以沫笑：“照你这么说，我们学校还有哪些‘优质少年’？”

“我们市一中优质少年可多了去了。”沈清乖宛如雷达自动导航，早就摸清了学校从高一到高三的风云人物。

“高三一班的潇沐伯，钢琴十级，学习前三，长得特别像韩国一男团的艺人。

“高二五班的班长沈凡，身高一米八，足球踢得特溜。

“还有那个隔壁班的谁忘记了，长得奶里奶气的，那皮肤好得能掐出水来。

“高一的小学弟就更多了……”

沈清乖越说越激动，她现在特像怡红院门口扎着红丝巾的老鸨，得意扬扬地介绍着自家店里的头牌。

“打住，亲爱的，我们班进球了。”伴随着一阵欢呼，苏以沫的思绪被拉回现实。

沈清乖看她没兴趣，鼻子一哼，开始自言自语：“其实我还是更倾向于潇沐伯那一款，又帅又有才学习又好。”

盛意进球之后，作为观众的老许兴奋地和单亦行抱在一起。

盛意朝着周颜他们比了个加油的手势，随后撩起衣服随意地擦了擦额头上的汗，露出半截结实的腹肌。

观众席上的女生又是一阵尖叫。

“做作。”沈清乖轻蔑地说，不过她转眼看见周颜肚子上那块微微凸起的肥肉，只得叹了口气，“罢了，有总比没有好。”

薄简晨脸上依旧没什么表情，就连额头也只是出了一点薄汗，似乎比赛的胜败与他没有丝毫关系。

“薄大学霸今天状态不佳啊，刚刚球被盛意截了都没反应过来。”

“听说他最近几天心情都不怎么好。”

“难不成失恋了？”

“开什么玩笑。”

……

周围传来细碎的讨论，苏以沫将目光重新投向球场上，薄简晨此刻正好不经意抬眼，与苏以沫的视线相撞。

他突然咧嘴露出一个温柔得过分的微笑。

一群女生又痴狂了：

“我的天，我瞎了，薄简晨居然笑了？”

“他在对谁笑啊，好像就是我们这个方向。”

“我猜是对我笑。”

“做梦呢。”

……

“笑笑笑，他笑个屁啊。”盛意顺着薄简晨看着的方向望去，立马炸了，跟打了鸡血一样大呼小叫，哨声一响，立马去拦截薄简晨。

“盛哥果然还是年轻，干劲十足。”

周颜乐了，就爱看他和薄简晨抢球。

跟抢人似的。

沈清乖被尖叫声吵得耳朵疼，打了个哈欠，冷不丁看到一个瘦高的身影。她眼底闪过一丝惊讶，压着声音在苏以沫耳边说："看，姐妹，九点钟方向。"

是校花陶子苒。

她好像是跟朋友一起来的，安静地站在那里，标志性的清爽马尾垂在后颈，目光紧紧盯着穿黑色球衣的盛意。

媚而不妖，是真的特别好看的长相。

盯着陶子苒好半天，直到看到她手中握着的蓝色保温杯，苏以沫才突然想起自己走得急，忘记给盛意买水了。

她还记得之前"盛三岁"特意睁眼说瞎话地交代她："别的小朋友都有水喝，就我一人没水喝，你不给我送水，我就会渴死在球场。你忍心看小朋友渴死吗？"

为了不让悲剧发生，苏以沫连忙和沈清乖打了招呼，跑去小卖部买水。

大概是因为人全部集中在体育馆，小卖部里冷冷清清的，只有看店的阿姨懒洋洋地坐在那里，一边追着电视剧，一边织毛衣。

苏以沫随便从货架上拿起一瓶水，又突然想到嘴特刁的盛意说过，他喝水只喝农夫山泉，于是她将手上的那瓶水换成了农夫山泉。

一来一回费了不少时间，估摸着这一场比赛马上就要结束了，苏以沫有些焦急地跑回去，正巧看见体育馆侧门站着一个女生。

侧门边上是一扇狭小的玻璃窗，恰好能看到体育馆里面的赛事，但距离太远，看不太清，所以一般人都是直接进内场观看比赛。

好奇心催使苏以沫缓了缓步子，她觉得那个背影有点熟悉。

走近了，苏以沫才发现那人是夏一一。

向来只会埋头做题的夏一一。

只见夏一一一只手撑在玻璃上，几乎是痴迷地看着球场上的比赛，另一只手还握着一瓶矿泉水，像是打算给谁送水。

夏一一不经意偏过头，撞见了好奇的苏以沫，笑容僵在嘴角。

连招呼都没打，她退后几步，转身落荒而逃。

“夏一一！”

苏以沫在后头喊她，却只看到她狼狈地消失在视线之中。

等苏以沫回到体育馆的时候，比赛刚好结束。盛意这头疯牛带领理2班破天荒地打败了实验班，一个个开心得像三岁的孩子，凑一起得意地欢呼。

实验班的学霸们秉着“我是来搞学习的又不是来打篮球”的心理，特淡定地跟着薄简晨排成整齐的队伍走下球场。一堆送水的小姑娘凑了上去，争先恐后地将水往薄简晨怀中送。

反正她们也不关心比赛结果，能看人就成。

人群都往外拥，苏以沫没找到沈清乖，抱着水从观众席的台阶往下慢慢绕过他们，抬眼却看到不远处那高个女孩瞬间跑向球场里的黑衣少年。

从后面看，那马尾一甩一甩的，女孩手里还紧握着一个蓝色保温杯。

是陶子苒。

看她那神情和动作，应该是向盛意打了个招呼，然后将水杯递给他。

盛意侧过头，似是惊讶，但没伸手接保温杯，只是露出一个敷衍的浅笑。

两人都是顶漂亮的人，站在一起像一幅精雕细琢的画。

苏以沫停下脚步。

好像当初盛意拿别人送他的饼干给她的时候，她也是这种感觉，闷闷的，胸口似是被堵上了一般难受得要死。

心里涌起无端的雾霭，苏以沫抓紧手里的水，转身就往大门外走。

盛意瞬间瞥见那道熟悉的身影，低头抱歉地和陶子苒说了声再见。

他长腿一迈几步追了上去，将苏以沫手腕捉住。

“欸，我说，你没事跑什么跑。”他大大咧咧从她手里夺去农夫山泉，扭开瓶盖仰头喝了小半瓶，“你再不来，我就真的渴死在这儿了，你够狠的。”

他拿手背随意擦了擦嘴。

苏以沫不知为何，就是生气极了，于是故意转过脸不理他。

“不是吧。”盛意双手将那气鼓鼓的脸扳正，好笑地说，“你吃枪子了？这么大的脾气？”

“我看你本来也不需要我给你送水，校花都亲自上阵，这么大的面子，我怎么好意思过去扫你的兴。”

这话酸得很，一说出来，苏以沫和盛意都愣住了。

她表情懊恼，盛意却咧嘴不怀好意地笑，俯身下去，在她耳边轻声说：“小姑娘，你是不是吃醋了？”

洒落在他们身上的光线渐渐暗了下去，温热的气息喷在耳尖，苏以沫仰着头，愣愣盯着那熠熠闪光的眼眸，嘴巴张了又合，而后猛地把他往后一推，脚底抹油地逃了。

那一瞬间，心脏慌得几乎要停止跳动。

仿佛回到了当初，他故意很皮地介绍自己：“你别忘了我的名字，我叫盛意，盛意以江河的盛意。”

直到一口气逃回家，苏以沫才又想到了什么，纠结了几分钟拨了个电话过去。

号码显示：盛意。

对方秒接。

苏以沫一句一句唠叨：“你刚刚出了那么多汗，回家别喝冰水也别贪凉，记得洗个热水澡再喝杯热水。”

“嗯。”盛意温声答道。

“你……在干吗？”她又问。

盛意好像是在笑：“这个点还能做什么，洗手准备吃饭啊，我都快要饿死了。”

“盛意。”

“嗯？”

“那个，你有没有发现，今天天气是真的不错。”苏以沫拉开窗帘，打趣着说，“比那天好。”

抬眼可以看到湛蓝的天空，空调挂机上来了群叽叽喳喳的麻雀，楼下的公交车站每隔五分钟就会停靠一辆车带走熙熙攘攘的人群。

我们生活的城市不大，却足够平淡安逸，以前没有留意的琐碎，现在看来倒是十分赏心悦目。

“苏以沫，你以后会离开这里吗？”盛意沉默许久，突然发问一句，“我问的不是大学，而是未来。”

“问这做什么？”

“随便问问。”

“不知道啊……”苏以沫想了想，说：“如果未来我能保证自己不饿死的话，应该会吧。”

盛意“哦”了一声，“知道了，那我去吃饭了。”

“好，明天见。”

“明天见。”

03

苏以沫从初中开始就有计划地跟薄简晨走竞赛这条路子。

两人选择的方向都是物理，按照以往的时间来看，离第一轮全国性选拔初赛只剩下不到一个月的时间。

老许找苏以沫谈了两次，也和物理老师打过招呼，平日里辅导一下她的功课。

她爸工作忙，父女俩性子都不活泼，平日里相处的时间也少得可怜。苏以沫细想才发现，她和袁阿姨相处的时间竟然比和她爸的还要多。

袁阿姨每天晚上都会挺着肚子给她端上一杯温热的牛奶。

“别太辛苦，竞赛只不过是高考的预防针，发挥平时的水平，平常心对待。”

苏以沫从题海中探出头冲她笑：“知道了，做完这题就睡。”

其实她对竞赛考试没有抱多大的期望，充其量只是将它当作这么多年学习的一个检测而已。

苏以沫习惯认准了一个目标，就会尽可能地去做到最好。

深夜一点钟的时候，她终于熄了灯，躺在床上辗转反侧半天，睡得并不安稳。

勉强过了一夜，她才从隐隐的疼痛中醒了过来。

六点二十九分，离闹钟响起还有一分钟。

感受到小腹下一阵热流涌过，苏以沫这才想起这几天是她例假来的日子。

两眼一抹黑好不容易走到教室，她整个人趴在位置上，仿佛刚刚的上学之路耗费了她全部力气。此刻的她小脸苍白，一动不动，把过来给她送巧克力的沈清乖吓了一跳。

得知原因，沈清乖投以同情的目光，顺手拿着她的杯子给她去接热水。

出门的时候，沈清乖碰到盛意和周颜两人满身是汗地回来。

他们刚刚跑了五圈，起因是周颜想用自己的微信名“薄情少年与海”交换盛意的微信名“工地少年与砖”，交涉失败后两人干脆围着操场跑圈，谁跑赢了谁用。

“薄情少年与海”惨败。

“你小姑娘来那个了，注意点。”

沈清乖压着声音对盛意说，一副“我只能帮你到这儿”的口气，将杯子塞在他怀中。

“你俩说什么悄悄话呢，带我一个。”周颜往他们身旁一凑，小眼睛里全是大大的好奇。

沈清乖止住声，有些嫌弃地瞧了周颜一眼：“有的时候我真的觉得你双商称得上是残疾。”

周颜满脑袋问号，不乐意了，跟在沈清乖后面找她理论。

盛意靠在教室门口，看着苏以沫趴在那里脸皱成一团，啧了声。

周颜骂骂咧咧地从后头回来，伸手就想开风扇。

盛意眼明手快，把那开关一挡。

“干吗呢，爷快热疯了。”周颜瞪他一眼。

“我冷。”盛意看也不看他，一本正经地胡说八道，“开什么风扇，也不看看现在几月份，热疯了出去吹吹自然风。”

周颜盯着对方额头冒出的汗：“兄弟，你当我瞎呢。”

盛意转过身，将他肩膀重重地拍了一下，特认真地说：“有时候吧，我也觉得你双商称得上是残疾。”说完就出了教室。

周颜愣在原地好半天，这才没好气地嚷嚷：“你和沈清乖前世是一个妈生的吧，都这么怼死人不偿命。”

苏以沫昏天黑地地埋头睡了好久，隐约感到脸边挨着个温热的东西。

睁开眼，盛意站在她身边，笑着把杯子给她，又指了指她的肚子：“垫那里，舒服一点。”

苏以沫无精打采地点头。

他又在宽大的口袋里掏啊掏，先是掏出了一大包暖宝宝，之后是几颗苏以沫爱吃的糖果，再然后就是一瓶在热水里泡得滚烫的 AD 钙奶。

“你是哆啦 A 梦吗？”苏以沫没忍住笑了。

“你说是就是喽。”

盛意坐回位置上，将那一大堆东西献宝一样摊在她面前，语气无不得意：“盛哥真诚为你服务，苏以沫小姐是先用暖宝宝，抑或是先享用糖果，还是想喝一口甜丝丝的 AD 钙奶？”

“唔……糖果吧。”

盛意剥了颗糖送到她嘴里，看着对方满足的表情，他开心得仿佛有一百只独角兽从面前奔过去。

他问：“你有一点低血糖吧？”

苏以沫点头。

“我妈也是。”

不只是如此，他妈以前身体不好，却爱瞎喝各种冰饮，来例假前一天一边啃冰棍，一边威胁他不许告诉他爸，结果第二天就疼得在床上打滚。

他爸二话没说，连公司都不去了，坐在床边给他妈揉了一天的肚子。

那时他看着自家父母在面前光明正大地秀恩爱，十分不屑地做了个呕吐的表情。

“还有二十分钟才上课，你睡会儿吧。”盛意温声道。

苏以沫此刻迷迷糊糊，盯着盛意不说话。

“看什么呢？”

一抹笑容从苏以沫的小酒窝里透出：“嘿，盛意，我一直觉得你的眼睛特别好看，像星星。”

苏以沫还发现，这人特别喜欢笑，无论开心的时候，还是不开心的时候。

说完，她缓缓合上眼，转瞬间就睡着了。

好半天，他那满是无奈的眼中才荡漾出一丝温柔。

“没你好看。”

“我第一次看到盛意对一个女孩子这么好，平时在班上我就发现了，他那么凶一个人，独独就对苏以沫耐心十足，你说他们会不会……”

夏一一故作吃惊，眼角的余光却一直往薄简晨那并不太好的脸色上瞟。

他站在教室外面已经好久，透过窗子远远看到那两人的身影，看到苏以沫安然入睡的面庞和盛意眼底透彻又熟悉的神色。

他紧握着牛奶和试卷，一言不发，眼眸覆上一层冷霜。

大片的阳光从他的身边穿过，把他的影子拖成一条长长的黑线，漫天的浮云聚了又散，被暖阳铺上灼热的温度。

他想起了那日赌气般的问题：你觉得我和盛意，哪个能赢？

如果苏以沫当时回“那一定是你啊”的话，他就算是竭尽全力，也要赢下那场比赛。

但他等了又等，只等来了一句敷衍的“不知道”。

是真不知道，还是假不知道。

哨声吹响的那刻，他抬眼与苏以沫相对，小心翼翼地第一次在众人面前展示出一点深藏的感情。可他听得到其他女生的尖叫，听得到盛意气急败坏的挑衅，却唯独听不到苏以沫的声音。她如同以往一样露出一个疏离又温柔的笑容，让他狼狈地收回所有情绪。

一瞬间洋溢的明亮，又很快地黯淡下去。

他们明明曾离得那么近，现在却又相距那么远。

04

最近，学校临时决定让高二跟着高三在大课间一起跑操，提前感受高三生活。

周颜一百个不乐意，老许本来答应了打完比赛就把上次那本《鬼吹灯》还给他，结果他眼巴巴找老许要的时候，老许又甩出了数学小测的卷子。46分的成绩张牙舞爪地冲他招手，仿佛在告诉他——你考这么点分还好意思过来要书。

形势十分明确，于是周颜灰溜溜地出去了。出去前老许从教案里抬起头，顶着个黑眼圈，斟酌了下问他：“你晚上看那个真的不会怕吗？”

“我怀疑他盯上我了，真的，老许就是这样的人，但凡让他抓住你一点错误，那你完了，最少这个月都不得安生。”周颜垂头丧气，怀着未来一年半载还有没有好日子过的担忧，打消逃跑的念头，乖乖地跟着大部队去操场。

苏以沫不舒服，于是请假待在教室里。盛意给她打了热水，她叫住他，支支吾吾半天没说出话来，盛意低下头：“你说大声点，我耳朵不好。”

苏以沫咬了下嘴唇，这才破罐子破摔一口气说了一段话。

盛意发蒙，脸上是若有似无的红晕，在小姑娘祈求的目光中无奈地点头，像赴死一样，咬牙说了句“成”。

“你看那群高三的，跑起来个个萎靡不振精神不佳，我寻思着读个高三怎么就跟在十八层地狱滚一趟似的。”单亦行靠在墙边，双眼扫过从身旁跑过的高三学子，浑然没有几个月后自己也得在地狱走一遭的觉悟。

“单亦行，瞎瞅什么瞅？数人数啊！”

老许也来了，抱着他的宝贝茶杯隔着半个操场吼过去。单亦行吓得一怔，立马掉了个头开始默数着那一圈零零散散的人。

他数了半天，发现少了两人。

“我盛哥和我周哥呢？”单亦行到处嚷嚷，好半天才从栏杆那边看到两人慢悠悠地将外套脱了放上面挂着。

“齐了齐了，大家跟着我跑，听着拍子，1，2，3……”

单亦行举着班旗，兴致勃勃地挥着。

理2班几十个人刚从睡梦中回神，临时被拉来跑步又不情不愿，此刻懒洋洋地迈着步子跟放羊似的，整体看上去惨不忍睹。

“我听说有一所学校要求一边跑操一边背题背知识点，学生之间的距离不得大于三十厘米，要求跑出一股军人的严肃风范来。你说我要是进了那种奇葩学校，没准老天不长眼也能把我给逼成一个‘211’。”周颜笑嘻嘻地说。

“那老天得多不长眼。”盛意抬手指了个方向问，“还有，你说的是这样的？”

理科实验班从他们后面追上来，一群没有感情的学习机器将规整这个词演绎得淋漓尽致，跟彩排过一样，一排排一列列整齐得让人挑不出分毫毛病。

邢胜利站在主席台上，十分满意地看着，嘴里念叨：“看看，看看，不愧是实验班。”

最前面举旗的薄简晨带领全班喊口号。

“青春飞扬，拼搏自强，实验1班，再创辉煌！”

整齐而又响亮的口号，无不彰显着实验班足以让他们骄傲的资本。

“我的暴脾气……”

盛意盯着那打头阵的“斯文败类”就是一肚子火，提了提速度跑到单亦行身旁将他一拍：“咱也来个口号，震死他们！”

老许握着保温杯正和其他班主任谈笑风生，老远就听见一声响彻云霄的怒吼。

“理2牛×，老许第一，风流倜傥，势不可当！”

老许的手一颤，保温杯啪嗒掉地上摔得稀碎，光荣退休。

盛意从单亦行那里接过旗子和扛步枪一样扛在肩头，四十五个人和长征归来似的，不复刚才死气沉沉的模样，耀武扬威地与实验班擦肩而过。

“理 2 牛 ×，老许第一，风流倜傥，势不可当！”

盛意带头，冲着实验班三百六十度无死角地又吼了一遍。

理科实验班的同学：“……”

“小兔崽子……”

老许看着一地碎片，咬咬牙冲着他们喊：“给我喊大声一点，个个没吃饭啊！”

这句一出，理 2 班彻底解放天性。

周颜本来乐呵呵地凑热闹，眼睛随意一瞟觉得不对劲，半晌他尖叫着对盛意说：“盛哥，老许去栏杆那儿拿咱俩的外套了！”

盛意举着旗子撒欢地跑，头也不回地说：“怕什么怕，他又不翻你口袋，这点原则他还是有的。”

十分有原则的老许笑得一脸温柔，仔细把周颜那皱巴巴的外套拍平，然后两手捏着领口，开始大幅度地抖。

周颜：“？？？”

一分钟之后，一部崭新的游戏机“一不小心”被抖了出来，老许伸了个懒腰，不慌不忙地捡起，嘴角还残余着“谜”之微笑。

“我去！我就知道老许从不按照常理出牌，这是人干的事吗？这就不是人干出的事啊。”周颜的语言功能接近于混乱，《鬼吹灯》还没要回来，又折了部游戏机。

“哎哟。”盛意偏头看见了，笑到岔气，举旗子的手抖啊抖，幸灾乐祸地说，“欸，你下次专门送几本《鬼吹灯》的续集给老许，他看得开心了，没准就把游戏机还给你了。”

周颜愤愤不平地说：“你得意个什么劲儿，他又在抖你衣服了。”

盛意一句“我又没放什么见不得人的东西”刚脱口而出，心里就是咯噔一响。

不对，他好像放了。

队伍正好跑到老许跟前，理 2 班全班人看着老许淡定地抖出了包四四方方的粉嫩东西来，“超薄舒适 360”几个大字明明白白写在包装上。

完了，苏以沫托他带的卫生巾。

老许目光极其复杂地盯着那包玩意儿，又抬眼看了看恨不得找块砖原地砸死自己的盛意。

丢脸丢到窒息。

全班的笑声盖过口号声。

周颜拍了拍盛意的肩膀：“真的，盛哥，从此你这自诩的市一中小霸王，打今儿起就得改口叫‘姨妈巾小王子’了。”

05

苏以沫觉得盛意回来之后就变得很奇怪。

把卫生巾偷摸甩给她之后，他就趴在桌子上一动不动，除了上课做练习题，一句话都没和她说，连眼神都是躲闪的。

放学时，苏以沫收拾了书包要走，正准备开口和他说句“再见”，对方先她一步，将笑到抽搐的周颜一把圈住埋头跑了。

跑到门口，他还差点摔一跤。

肚子已经不那么疼了，苏以沫慢吞吞地将教室的门锁好后才往外走。外面不知什么时候下起了绵密的细雨，她正准备将书包顶在脑袋上冲出去，眼一抬却看见盛意骑着车停在学校门口的树下。

周颜没在。

苏以沫还保持举着书包的动作：“盛意，你怎么没走？”

“您老是真的慢。”盛意打了个哈欠。

“薄简晨呢？”盛意又问，“怎么没见他？”

“他放学还有事，让我先回家。”

盛意语气里顿时夹杂着一丝不悦：“他准备做哪个接班人啊，天天有事。”说着又盯了眼对方的肚子，别扭地说，“你……好点没？”

“好多了。”苏以沫笑着答。

好多了就成，不枉他今日名声尽毁。

“伞，拿着。”盛意推着车过去，将手里的伞递给她。

苏以沫没接：“给我了，你怎么回家？”

盛意啧了声，将伞硬塞给她，执拗地说：“下雨天男生一般都不打伞，而且我有帽子，淋不着。”说完这句话就骑上车掉头跑了。

跑了一半，他又掉头回来十分认真地嘱咐她：“最近学校不切实际的八卦挺多的，你少听点。”

苏以沫：“……”

接下来的日子一下子变得枯燥繁忙起来，大大小小的考试测验接踵而至，学校不知道是脑子抽了还是嫌 A4 纸堆在复印室太多，占用了高二每周一的自习时间用来出理综题目，每周十张卷子，每个周日下午收回批改检查。

运气不好的时候，数学布置一张额外卷子，英语来份默写，语文老师说今天天气这么好，大家来写篇作文赞美一下大自然的绝世风光吧。

盛意有次睡着了，醒来的时候被一堆卷子埋得几乎不见他这个人。

“这就不是人过的日子啊。”

小树林里，周颜啃着盛意带给他的煎饼果子，将那一大堆空白的卷子拍在凳子上：“有位伟人说过，上帝给你关上了一扇门，就一定会锁死你的窗。”

“哪位伟人这么瞎。”

周颜拍拍胸脯：“爷爷。”

盛意侧过脸，正准备说些什么怼回去，双眼随意往旁边一瞥，突然就整个人僵住，如临大敌般将周颜脑袋往旁边一推。

周颜一句粗口脱口而出，起身才看到不远处，苏以沫和薄简晨、夏一一坐上学校的车。

“想起来了，今天是物理竞赛的日子，他们仨代表学校去市图书馆参赛去了。”周颜看着盛意望眼欲穿的模样，轻轻地将他后脑勺一拍，“望夫石，别看了，咱上课去了。”

盛意一个反手，将他的肩膀死死抓住。

周颜的脸瞬间白了：“疼疼疼，轻点，盛哥轻点。”

“你刚刚说，他们在哪里考试来着？”

“你想干吗？”周颜打了个寒噤。

盛意给了他一个意味深长的笑容，把热水瓶放回他手里。

“我需要你帮我一个忙。”

06

这次带队的是他们学校一个高一的老师，四人一辆车，薄简晨将准考证分发给苏以沫和夏一一。市一中参加物理竞赛的名额有三人，按照上一次考试的平均值来算，选取年级物理前三名。

恰好也是月考总成绩的排名。

一个理科实验班的薄简晨，加上理科2班的苏以沫和夏一一。

出发的时候实验班班主任的脸都快绿了，老许杵那儿，嘚瑟得连牙都快笑掉了。

苏以沫说了句“谢谢”，伸手去接准考证，露出袖腕处淡粉色的水晶手链。

“手链挺漂亮的。”

一直埋头刷题的夏一一冷不丁冒出一句话。

薄简晨看了一眼：“是……你妈妈留给你的那一条吧，难得见你戴上。”

苏以沫点头，指尖轻轻摩挲着手链。

这手链不值钱，最多也就一百元出头，却是她妈妈留给她的唯一纪念。平日里她舍不得戴，生怕划上一道印子。

今天算是破例讨个好彩头吧。

半个钟头后，车把三人送到市图书馆的大门口，门口已经有三三两两的学生等在那里。市里的高中对这场考试都挺重视的，不仅仅是因为获奖后可以获得高考加分，还意味着有更大的可能入选国际物理奥林匹克竞赛的集训队。

他们的城市不算一等一的好，市一中虽然在市里是好学校，但是放眼全国还是不够看的，有些看不见的差距在起跑线上就已经存在了。

这个道理，在啃着那块沾满冰糖的饼干的时候，苏以沫就懂了。

薄简晨比她懂得更早。

进去前带队的老师叮嘱他们做题目的时候一定要细心，不要着急，但凡五分钟还没有思路的难题统统放在最后之类的。

三人都漫不经心地听着，头顶发出几声低低的轰鸣，天空一片阴沉。

“好像马上要下雨了。”带队老师喃喃，“真是怪了，每逢考试必下大雨。”

薄简晨将准考证挂在脖子上，对着苏以沫说：“考试紧张吗？”

“有点。”她如实地回答。

“别紧张，遇到电学的题先别急着做，把你擅长的力学部分的分先拿到再说。”

他像平日里默背出一些容易错的物理公式，苏以沫一直在点头，偶尔附和一句。

夏一一站在两人的旁边低着头看自己整理的笔记。说起来，她好像永远都低着头，半天不说一句话，存在感低得不行。

“你那个带不进考场的。”带队老师指了指苏以沫手腕的链子，“考场旁边有储存室，你先放那里，考试之后再去拿。”

“储存室有锁吗？”苏以沫问。

带队老师笑了：“你这小孩，还怕别人偷你的不成？放心，柜子上都有锁，掉不了的。”

苏以沫把手链仔细放好才回到考场。

他们考试的地方在三楼，薄简晨等在考场门口，看到苏以沫，勾起一个浅笑。

“进去吧，马上考试了。”

“夏一一呢？”

“没见着，上厕所去了吧。”

两人闲聊着，过了好久夏一一才从后面蹿出来，连声招呼都不打，面无表情地绕过两人进了教室。

苏以沫突然想起那日篮球赛，夏一一的脸上染上几分属于这个年纪该有的少女娇羞，但就像是窗边的一粒灰尘，被风呼啦啦吹走再也见不着，仿佛从未存在过一样。

从那天起，苏以沫再也没有在那张冷漠的脸上见过那样的神色。

不知为何，她觉得盛意之前说的关于夏一一的评价，好像并不是没有道理。

教室里两个监考老师一前一后地站位，还有双摄像头，清晰得能看清考生的试卷内容，像是觉得还不够似的，又弄来一个巨大的信号屏蔽仪，中国制造，质量好到不行。

第一场考试苏以沫考得还算是顺利，有几道题拿不准，她在草稿纸上反复算了好几遍，才写上一个自认为准确率最高的解法。

这场考试难得没有一人提前交卷，大家屏气凝神死死盯准每一道题目，生怕出一丁点错误。

这种水平的考试，大家的分数基本上咬得紧，丢一分，可能就与奖项失之交臂。

教室里安静得只有沙沙的落笔声，偶尔加几声缓缓的咳嗽。

直到考试结束提示音响起的那一刻，苏以沫才认命般把笔一丢。

监考老师立马站起来收卷子，还指着后面几个奋笔疾书的："欸，就你，别写了，时间到了，再写就不算成绩！"

她揉了揉酸痛的后颈，一抬眼，就看见薄简晨走过来递给她一瓶牛奶。

“吃早饭了吗？”

“吃了，吃了。”苏以沫忍不住说，“你有时候像个老头子一样唠唠叨叨的。”

“那你也要听得进去。”薄简晨帮她把桌上的笔套套在笔上，“还有十五分钟休息时间，要出去走走吗？”

苏以沫伸了个懒腰：“我去上个厕所。”

走到厕所门口，她下意识地伸口袋去掏纸巾，但里面空空如也，她愣了愣，突然有种不好的预感。

周围人都有些奇怪地看着女孩急匆匆地拼命往回跑。

储存室的门没关死，她一把推开，从右往左数第三个柜子是她放手链的地方。

钥匙稳稳当当地插在锁孔里。

苏以沫这才长吁一口气，自己这记性也不知道是怎么了，锁上去之后竟然忘记将钥匙拔出来，估摸着是做题做傻了。

她拿回钥匙放进口袋里，看了眼手表还剩几分钟，于是正准备回考场，临走时想了想不放心又打开柜子想看一眼。

随着“吱呀”一声，她目光触及之处，四四方方的柜子里空无一物。

手链不见了。

窗外是轰鸣不断的雷声和瓢泼的大雨，苏以沫脑袋一嗡，一阵冷意从心口蹿出，像是一桶冰水从头浇至脚尖，刺骨冰凉。

她将那柜门打开又关上，反反复复，依旧没有手链的影子。

明明就放在里面，明明根本就没有打开过。

苏以沫将整个储存室的边边角角都找了个遍也没见着，她转身跑至门口，打扫的阿姨弯着腰做清洁，她连忙上前询问：“抱歉，请问除了我之外，你还看见有谁进了这个储存室吗？”

那阿姨将苏以沫打量一番。

“挺多，都是来考试的学生，来来往往的。”

“那……有没有一个人拿着手链？”苏以沫焦急地比画，“粉色的，小小一条挂在手上的那种。”

阿姨见她急得泪水在眼眶打转，于是垂眸仔细想了想：“嗯，好像……是有这么一人，不记得是男的女的了，反正当时我在拖地……没怎么看清。”

“那你记得那人往哪里走了吗？”

“哎哟，这我哪里记得，好像是……出图书馆了吧。”

苏以沫咬了一下嘴唇，道谢之后就往楼梯口跑。

“沫沫？”薄简晨站在走廊看见那个失魂落魄的身影，连忙跑上前将她拽住，“你去哪儿，知不知道还有一场考试马上开始了？”

“我的东西不见了。”她双眼无神，一点亮光也没有。

“什么东西也得等到考试结束，你知不知道这场考试有多重要！”

“是手链。”

薄简晨愣了一下。

“我的手链不见了，薄简晨，我妈留给我的手链不见了。”她语气里带着哭腔，眼睛红得吓人，与平日里冷静的形象完全不同。

“怎么办？”她失神地重复，“那是我妈留给我的唯一的东西。我把它弄丢了。”

薄简晨呆呆地看着她发颤的肩膀，半晌才压下心疼，尽量让自己的语气严肃起来：“苏以沫，先考试。我知道这条手链对你很重要，但那代表的是过去，你现在面对的是你能够得着的未来。你抬眼看我，你答应过我的，会和我一起夺下第一名。”

他一字一句地说："你听话。"

苏以沫很听薄简晨的话，从小就是，无论他说什么，她都会无条件地接受。

十岁那年，薄简晨从那个充满争吵与谩骂的房子里逃出来，遇见了独自一人坐在楼梯口的苏以沫，两个人像是两根漂泊的芦苇，相互依存至今。

他难过的时候，苏以沫会一直笨拙而小心地安慰。

他告诉她，他们要抓住一切逆流而上的机会，要在未来足够有底气地站在顶点骄傲而又坦然地得到所有想要的一切，金钱，名誉，众人羡慕的目光。

他是为她好。

他们一直是同一类人。

"你永远让我听话。"

苏以沫扯出一个称得上十分勉强的笑容，那一瞬间，难过像是心口蓄满了水，一动就会溢出来。

"你们永远让我听话。"

很多时候苏以沫都是害怕的，害怕在天堂的妈妈会埋怨她，害怕爸爸会因为妈妈的死疏离她，害怕薄简晨会因为长大而不再亲密地喊她沫沫，害怕同学会因为她成绩下滑而在背后议论嘲笑。她确实省心，可以随时随地放弃自己的需要满足别人，但她并非圆滑而没有棱角，而是永远把棱角戳向了自己。

通过取悦他人来获得一丝微不足道的成就感，这么多年里，她已经渐渐变成了一个不懂得真正快乐的人。

快乐是什么，她不知道。

她是真的累了。

“我不。”

她开口，眼角一片冰凉，存着一丝泛寒光的冰屑。

“苏以沫？”

他伸手，没抓住。

薄简晨呆呆站在原地，悬在半空中的手心微微张合，这才惊讶于刚刚看着的那张带泪珠的倔强脸庞。他脑海中万般思绪仿佛丝线缠绕，从遥远的过去回到现实，眸色渐渐微冷，手不自觉地紧紧握住。

这一刻，他发觉自己好像从未真正认识面前的女孩。

十岁的苏以沫崇拜地牵着他的手，说要和薄简晨哥哥永远在一起。

十七岁的苏以沫满脸都是泪水，头一次对他说了声“对不起”。

他只能像一个傻子一样，眼睁睁看着对方头也不回地消失在面前。

一瞬间，手里一直紧握的那根风筝的线，突然就断了。

彻底断了。

有人喊他的名字。

薄简晨僵硬地回头，看着那个原本阴郁的女孩逆着光站在教室门口，戴着黑框眼镜，平淡无奇的眼尾染上点点光亮，脸上露出一丝笑意。

“回来吧，下半场考试开始了。”

苏以沫没带伞，来回本来是学校负责接送，可现在考试刚进行到一半，车和带队老师都没来，她站在台阶上看着倾盆大雨，咬牙一口气冲了出去。

雨水瞬间模糊了视线，她询问来往的每一个路人，满怀希望地比画着遗失手链的模样，却只能看到他们一个个摇头，说没看见。

没看见，没见过，不知道。

她承认自己是真的慌到手足无措，若是静下心来想，就算是真的丢了或是被别人拿走了，又怎么可能在图书馆外面找得到？

她全身湿透，如同孤零零地站在荒野之中，不知所措。

其实昨晚，她做了个很长的梦。

梦里有迷茫的大雾，小小的她一个人坐在那里放声大哭，眼泪在雾气里滑落，混合着鲜艳的红色。

然后她就想起来，妈妈为什么会离开她了。

十岁生日那天，一向乖巧的她难得吵闹着要吃奶油蛋糕，妈妈性子好，犟不过她，于是牵着她的手带她去买。过马路的时候对面冲来一辆车，苏以沫年纪小没反应过来，等她反应过来的时候，已经被妈妈眼明手快地推到一边。

也是从那一天开始，妈妈一直待在医院的重症监护室里。

病房外的爸爸骗她，说妈妈只是太累了，要休息很长很长时间。

苏以沫点头信了，所以即便是葬礼那天，她也依旧相信着，妈妈只是太累了。

她不明白，为什么周围人哭得那么伤心。

长大就明白了。

所以这七年间除了薄简晨，她没有告诉任何人她的生日，也几乎从不过生日。

因为永不能原谅，在这一天，她间接断送了这世界上最爱她的人的性命。

突然，一件厚厚的外套落在她的头顶。

“你不打伞杵这儿搞行为艺术？”

苏以沫愣住了，发颤的手将衣服缓缓挪开，这才在一片模糊下看到盛意气急败坏地举着伞站在她面前，手里还提着一杯奶茶。

“盛意。”

苏以沫盯着他，此刻也没问为什么他会出现在这里，只是重复着那句：“我把我妈给我的手链弄丢了。”而后像是终于找到了发泄口一样，撕心裂肺地哭起来。

“对不起，我把它弄丢了。对不起，我不值得你对我这么好。对不起，我是个笨蛋。”

“欸，不是，祖宗，你别哭啊。”盛意慌了。

他费尽九牛二虎之力才在老许的眼皮子底下溜走，本来是想着等在这里给她一个出其不意的惊喜，却没料到刚来就看到她一人杵这里。

他转身让她在不远处的长凳上坐下，这里有一大顶绿色的遮阳棚，淋不到雨。

他将一杯温热的奶茶递给苏以沫，看着她把自己的外套披得跟捆麻袋似的。

有点滑稽，有点可爱。

“把衣服穿好，别着凉。”

“盛意。”苏以沫看着他。

“嗯，我在。”

“我是不是很失败。”苏以沫勉强笑了声，“为了一条不值钱的手链，放弃了最后一场关键比赛。”

盛意此刻全身差不多湿透了，他揉了揉贴在脑门上的刘海，忽地屈膝半跪，抬眼看着那张哭得鼻尖红红的脸。

“你不失败，一点也不。”

“听着，盛哥名言：无论遇到什么事，只要不会死，那就去他大爷的。记住了吗？”

他语气难得柔和，另一只手献宝似的握拳杵在她面前。

“你说你丢了手链是吧？你盛哥给你变个魔术，千万不要眨眼睛。”

这是他一贯的招数，贱兮兮地向你展示那些既蹩脚又好笑的手法。

多年后苏以沫回想过去才逐渐发现，这些由他一点点衍变来的琐碎片段，其实也在不经意间，融化在了自己的青春记忆中。

像是一束温暖的光，照亮了前方。

盛意将手慢慢摊开，露出一条粉水晶手链。

“是不是这条？说出来你可能不信，它长腿跑我手里了，你说气不气人。”

或许很狗血，又或许很俗，盛意就是在来的路上捡到了那条手链。

它被随意地扔在花坛的边缘，其实挺显眼的，看上去像是被人遗落在那里。盛意正好闲得没事做，干脆帮苏以沫积点考试德，想着去找保安播一条失物招领什么的，结果抬眼看到苏以沫这副模样，吓得以为自己瞎了。

苏以沫听着事情的原委，这才逐渐冷静下来。她攥着手链，小声说了句：“谢谢。”

谢谢你。

盛意乐了：“这次没糖了？”

苏以沫愣了愣，还真就认真地在自己仅有的几个口袋找了又找。

盛意哎哟一声："行了行了，姑奶奶，哥就开个玩笑。算了算时间，你好像还剩下半场，不打算考了？"

"嗯，找不到它我进去了也没心思考试。"苏以沫吸了吸鼻子。

盛意又抹了把脑袋把雨水甩掉，无所谓地说："行呗，不考就不考，反正你成绩那么好，高考也不需要那一点加分。"

"不过——"他话锋一转，"你不是说把这玩意儿放储物柜了吗，怎么跑外面花坛去了？"

"不知道，可能拿走的人发觉不值钱，就随意丢了吧。"

"现在怎么什么缺德人都有。"盛意啧了声，看着外面变小的雨，又转头看着苏以沫，"想回学校吗？"

苏以沫摇了摇头："想回家。"

"好，送你回家。"

盛意直起身子，笑了一下："你等我一会儿啊。"说着就撑着伞跑出去了。

没过一会儿，他一手撑伞，一手推着辆老旧的自行车过来。

盛意搭在那自行车上，平日里骑的黑红酷炫的山地车此刻不见踪影。

他收了伞，拍了拍后座。

"上来。"

苏以沫愣愣看着他，站在原地一动不动。

"杵那里干吗，上宝座啊。"他按了下嘶哑的铃铛，"没别的意思，下雨了，这边不好打车，我载你回家。"

"这车你从哪里弄来的，我记得你平日里骑的不是这辆。"

"我那辆……被周颜骑到沟里摔坏了，现在还放在修车店，所以临时找别人借了一辆。"盛意眼也不眨地回答。

"你找谁借的？"

“修车的爷爷……喂！不许笑！”

盛意气急败坏地看着对方想笑不敢笑的滑稽表情。

“啧，你再不上来天都要黑了，大灰狼都要出来抓小白兔了。”他龇牙咧嘴吓她。

苏以沫这才小跑着过去小心坐上后座，右手握住他的衣角，就一点点。

他将伞递给苏以沫。

“抓紧，别掉了，掉了不负责。”盛意提醒道，每踩一下踏板，自行车就会发出吱呀吱呀的响声。

果然是很有年代感的车……苏以沫默默想。

“你家住哪里？”

她报了个地址，盛意“噢”了一声，又继续吱呀吱呀踩着。苏以沫把胳膊抬高，尽量让伞覆盖住盛意。

看起来像是本老掉牙的青春小说，帅气的男主角载着心爱的女孩，在稀稀落落的雨中踩着一辆破旧的自行车溅起一片片涟漪，下一刻两人就相视一笑谱写玛丽苏校园剧。

可惜苏以沫虽然偶尔脑洞大开，骨子里却是个古板冷清的十七岁少女。盛意似乎也不是什么单纯而又高高在上的校园王子，他红着眼睛怼人时贱兮兮的样子，一人胜过一个加强连。

她嘴角一弯觉得这画面挺好玩，盛意的帽子被风吹下，露出了墨色头发。

“盛意。”她喊他名字。

“嗯？”

“你为什么对我这么好啊？”

她看不到盛意的表情，只能看到他的后脑勺，还有被风吹起来的一小撮头发。

他没回答，踩着踏板的脚却明显顿了一下。

过了好久好久，久到苏以沫以为盛意不会回答这个问题的时候，前端才轻轻传来一声——

“大概是因为，你可爱。”

“这算什么理由，比我可爱的人多的是。”苏以沫难得和他钻牛角尖，“比如陶子苒。”

“不一样。”

“有什么不一样的。”苏以沫说，“她比我高，比我活泼，比我漂亮，比我更讨人喜欢。”

盛意没忍住，笑了。

“我的学霸同桌，你平日脑袋挺聪明的，怎么稍微转个弯，就想不明白了？”

“是是是，我脑袋笨，没大少爷您聪明。”苏以沫也笑，“甘拜下风。”

盛意扭头飞快地瞥了她一眼：“说句实话，我对你好，是想谢谢你。”

“谢我？”

盛意迎着风，声音放缓了一些：“苏以沫，你有时很不自信，但有时却又很勇敢，让我觉得……你是个特别矛盾的人。”

雨滴啪嗒落在伞尖，又从顶端顺着滑落，有几滴落在盛意的脖颈。

“但我想告诉你的是，我希望，你不会拼命成为任何人所期盼的完美小孩。”

“我希望你，永远只是你自己。”

无论得到还是失去，无论失败还是成功。

说话间，雨已经停了。

苏以沫收了伞，好半天才低头轻笑：“嗯。”

她的学渣同桌，其实还是个很细心的男生。

盛意顺着小道骑了三十多分钟，苏以沫看了眼周围的建筑，这才轻轻拉了下他的衣角：“你走错了，我家不是这个方向。”

“知道，想给你个东西，很快就好。”

雷阵雨说停就停，此刻天气又恢复了平日的湛蓝，嘈杂的街道上雨滴滑过屋檐滴答作响。

盛意骑车停在他家小区楼下，让她在原地等会儿，大约几分钟的工夫他又回来了，手上抱着一只半点大的小猫。

浅灰一团，就头顶一撮白毛。

苏以沫想，它长得真讨喜。

它好像还没睡醒，有些不悦地对着盛意喵喵叫。

“这是你养的？”

“我捡的。”盛意将猫塞在她的怀中，“借你玩。”

“啊？”苏以沫有些蒙。

“你放心，我捡回来当天就给它打过疫苗，我妈平日里也洗得很干净。它吃的用的明天上学我再带给你，今晚你随便给它喝点羊奶，它就一饿死鬼投胎……等等，你家有羊奶吗？”

“有。”

“有就好。”

那只小猫忽地从她怀里跳下来，在地上蹭她的脚踝。她眨眨眼睛，低下头看它朝自己喵了一声。

“不用管它，它只能喝羊奶。”

盛意毫不留情地补充：“卖萌也没用。”

小猫不满地又喵了一声，傲娇地扭头。苏以沫弯腰将它又捞回自己怀中，目光落在对方手腕上浅浅的伤痕：“你手被抓了？”

苏以沫没养过宠物，不对，客厅里养了几条金鱼。

可惜她不喜欢鱼。

盛意低眸看了看，唔了一声：“没事，反正它打了疫苗。”

盯着现在乖顺得不像话的小猫，他乐了：“你还别说，它挺喜欢你的，第一次见面就让你抱。我当初见它的时候，凶得差点将我挠破相。”

苏以沫小心翼翼地给它顺毛，顺带问一句：“它有名字吗？”

盛意挑眉：“有啊。”

“叫什么？”

“盛相濡。”

苏以沫疑惑地看着他。盛意双手插在裤兜，又重复一遍：“我干儿子，盛相濡。”

说完，他拍了下她的脑袋，走过去骑车：“行了，你身上还湿着，早点送你回家换衣服。”

苏以沫慢了半拍，好半天才反应过来，耳尖红透。

雨后的天气还是很凉爽的，他们的城市说大不大，说小也不小，大型商场也有，各类游戏厅、咖啡店这些年层出不穷，围绕在市中心那一圈。到了晚上的时候，街道连带着一排低矮的商铺，底下几家冒白烟的路边摊烧烤和一大群老太太整齐地扬着手臂跳《最炫民族风》。

2009 年发行的歌曲，一直风靡到 2011 年成了热门必点广场舞曲。

苏以沫在这里生活了十七年，隐隐还记得以前这一块是金黄的田野，而现在全部变成了钢筋水泥的高楼大厦，还有未完工的商品房区。

“咱们还有多久高考？”苏以沫闭着眼睛问。

“一年吧。”盛意默默算了算。

“毕业之后如果可以的话，”苏以沫说，“我想去一个有海的城市。”

她又问：“你呢？”

盛意只是笑。

我想去有你的城市。

这话他没敢说，怕打脸。

“苏以沫。”

“干吗？”

盛意一颗心快要蹦出来，酝酿了半天才开口：“其实我……”

揣在口袋里的手机冷不丁响出一串《好运来》的大高潮，他吓得一下子刹住车，有些烦躁地从口袋里将手机掏出来，刚接通，电话那端就传来一阵急促又焦急的喊叫。

“盛哥，你到底去哪里了啊？老许这边我顶不住了，我的游戏机和《鬼吹灯》还在他那儿扣着呢！”

嗓门大得几乎可以让人想象那头周颜上蹿下跳的模样，苏以沫没忍住，笑了一声。

“盛哥，我这顺风耳是出问题了还是怎么着了，我居然听到了女孩子的声音。你丢下我一人孤苦伶仃地面对暗黑势力，就是为了和女孩子轧马路呢？”

“轧你大爷的马路。”

那头的人继续调侃：“哎哟喂，盛哥害羞了。除了苏以沫，还没见过你身旁出现过哪个姑娘，怎么着啊，是哪个如花似玉的林妹妹夺了我们盛哥的芳心？”

那头阴阳怪气的，苏以沫听得耳尖有点发烧，盛意没好气地回了一句：“你爷爷！”随后啪嗒一下挂了电话。

心里把周颜骂上千遍万遍，盛意此刻也只能懊恼地继续闷头骑车。

安全到达苏以沫家楼下，他一句“再见”还没来得及说出口，就看到苏以沫把伞丢在他的怀里，嗖的一声溜进楼梯。

“哎哟，我去！”

他扑哧一下笑出声，眉梢上扬，想到了第一次见面快要迟到的时候，这姑娘也是溜得像只兔子一样快。

运动会不参加短跑比赛真是他们班的一大损失。

掉了个头准备回家，他想着刚刚自己那段临时发挥的满分对话，此刻低头捂住脸傻兮兮地笑。

“盛意你简直就是无师自通的情话小王子。”

除了莫名其妙被周颜打断了之外，一切都很顺利。

下次出门手机开静音。

他乐得脑袋都晕乎乎的，冷不丁打了个喷嚏，嘴里哼着孙燕姿的歌，脚上没轻没重，使劲往下一蹬。

哐当一声，链条掉了。

第六章

chapter 06

我们爱着的人，
爱着我们的人，就算离世，
也只是变成了天上的星星，
永远保佑着我们

01

“盛哥，还生气呢。”

周颜捧着热水杯笑呵呵地凑过来，“含情脉脉”地盯着他。

“你离我远点。”

盛意打了个喷嚏，把笔一丢。

“哎哟盛哥，别介啊，是你找我弄的带后座的自行车，弄到了你倒不乐意了。”

盛意把杯子从他手中夺过来喝了一大口热水：“我让你找辆带后座的，你给我找了辆 82 式的，我打眼儿看上去还以为这车是抗日战争时期留存下来的古董。”

和周颜玩在一起之后，他丢人丢到窒息的机会明显有了质的飞跃。

“这不是时间紧迫嘛，有辆 82 式能载着妹子风花雪月已经很给力了。你那引以为傲的酷炫小飞车还安不了后座呢。”周颜憋笑，话锋一转，“还没问，那之后你咋回的家啊？”

盛意狠狠剜了他一眼：“哥硬生生走回去的。”

那个鬼地方，打车打不到，公交车又不让他把这掉了链条的“古董”给带上去。他抬头看了眼乌漆墨黑的天空，认命般地走了两小时，回家还被他妈取笑了一晚上。

“今天你的声音挺性感的。”听着那沙哑的嗓音，周颜打趣，把他肩膀一揽，“兄弟，你也不是没有收获啊，至少你知道苏学霸家住哪里了。你可以选个月黑风高的日子，踏月而去。”

“滚蛋。”

略微闷热的天气伴随着不知名虫子令人烦躁的叫声，盛意靠着走廊，看着对面一片生机盎然的景色啃煎饼果子。

单亦行抱着一摞作业老远跑过来，看到盛意连忙说：“盛哥，老许喊你去办公室。”

周颜叹了口气，给了他一个坚强而又悲悯的眼神：“兄弟，走好，活着回来。”

“滚蛋。”盛意咽下最后一口煎饼果子，加重语气重复了一遍。

沈清乖如往常一样来理 2 班串门，一进门难得看见沉迷学习的苏以沫没做题，撑着脑袋盯着窗外发呆。

她走上前捏捏对方的脸蛋：“怎么这副样子，你昨晚去偷了百货公司？”

“我要是偷了百货公司，估计你今天就能在《法治在线》看见打了马赛克的我。”

沈清乖笑嘻嘻地说她被盛意带坏了，和他一样没个正经，随口问了句：“怎么样，昨天的考试？”

“我弃考了。”

沈清乖差点被自己的口水给噎死，嘴巴张开了半天，最后给了她一个大拇指：“你是我偶像，够狠的，没你参与，薄简晨估计稳了。”

苏以沫笑：“我就算参加，他也能获奖。”

周颜从门口奔进来，一屁股坐在沈清乖旁边，大口喘着气，脸上还带着未褪去的潮红。

“你是欠了三百万被黑社会追债了吗？”沈清乖认真把他打量一番。

“差不多。”周颜从怀里摸出一杯冰水灌了半杯下肚才道，“笑死我了，老许把盛意叫到办公室问话，问他昨儿去哪里了？我帮他打的掩护是胃疼，然后他一进办公室就捂着肚子一脸快要生孩子的表情。老许特淡定，告诉他捂错地方了，那是肾。”

“然后呢？”沈清乖问。

“然后就是一千字检讨外加十个跑圈不带喘气呗。没事，他都习惯了。”周颜没心没肺地嘲笑，“估计一会儿就回来了。”

结果，盛意一去不复返。

周颜有点慌了：“完了完了，盛哥不会被老许给灭口了吧？”

苏以沫也有些担心，上课时在课桌底下悄悄给他发了个信息。

“怎么还没回来？”

那边的人秒回：“生病了，回家躺着。”

“胃疼？”

“发烧，我就说我今天走路怎么飘飘忽忽的。”

“发烧你自己不知道？”

盛意不以为然：“男人嘛，发个烧算什么，主要是不想跑那十圈和写检讨，正好有个理由回家躺着多舒服。”

苏以沫忍不住笑。

隔了几秒，盛意又发来一条：“你心疼我啊？”

苏以沫愣了愣，咬咬嘴唇没回。

冷静下来后苏以沫才想起，盛意那么壮的人会发烧，估计是淋了雨又穿着湿衣服在外面待了那么久的缘故。

他这次发烧和她完全脱不了干系。

那她是不是得表示些什么……

她这边正纠结着，台上物理老师点了她的名：“苏以沫，解下黑板上这道题。”

思绪一下子被拉回到现实，她将手机甩进桌洞里，噌地站起来将题目默念一遍，飞快地口算答案。

物理老师十分满意地让她坐下，虽说这孩子放弃了竞赛有些可惜，但参加高考未尝不是一件好事。

快放学时，苏以沫难得提前三分钟收拾好书包，等那下课铃一响，她就拉起书包成了理 2 班首位冲出去的人。

正准备唱着国歌冲出去的周颜在后头看傻了，他是不是瞎了，头次见苏以沫放学这么积极。

出门走到转角处，苏以沫正好看见了同样往楼梯口走来的薄简晨。

对方愣了一下，像是不知所措一般，眼底的光暗下去，立马往旁边的侧门走了下去。

一句话没说。

好像是从竞赛结束之后，他就故意躲着她。

她想起那天他拉着自己，执拗地告诉她不要为了过去放弃唾手可得的未来。

其实他是对的，苏以沫承认。

但她放不下。

02

盛意躺在沙发上闭目养神，模模糊糊听见自己手机响了，《好运来》唱得特别欢快。

他懒得起身接，闭着眼戳了戳坐在旁边抱着爆米花的妈妈。

“接下电话。”

他妈盯着电视看得正起劲儿，不乐意地嗯了声，手一伸拿过手机飞快瞥了眼，喃喃：“小什么玩意儿的。”

他妈不耐烦地问：“你接不接啊？”

盛意睡得两眼一抹黑智商狂掉线，也没仔细听，琢磨着这个时间给自己打电话的应该是广告推销，于是喊：“你开个免提！”

他妈又嗯了一声，点了免提。

那边传来一个好听轻柔的声音。

“盛意，你在家吗？”

“……”

“盛意？”

盛意顿时睡意全无，咳了半天差点没把自己给咳死。他和他妈相互对视一眼，后者目光不善地看着他一跃而起，如百米冲刺般夺过手机往自己房间跑。

“我在，我在，我在。”他眼明手快地把门给关上坐在了床上。

“你好些了吗？”

“睡了一下午，烧退了。”

“学校门口新开了一家零食店，我不知道你喜欢吃什么，所以干脆把市面上流行的零食一样都买了一些。”

“哟，这么好，受宠若惊啊，看来我明天有口福了。”

盛意不自觉地嘴角扬起一丝笑意。

“所以，你在家吗？”她特意将话语放慢。

“在啊，问这干吗？”

“我在你家楼下。”

“哈？”盛意有些拐不过来弯。

“我给你送来了。”

“……”

“你你……你等我一分钟！”

他差点直接从床上滚下去，两步并作一步地跳到房门前大力地拉开，一打开就见他妈抱着爆米花蹲在门口。她还没缓过来神，抬头和盛意大眼瞪小眼。

“你蹲这儿埋地雷呢？”盛意没好气地说。

他妈哼了声，掏出自己的手机抬高，理不直气也壮地说：“这里信号好，我就爱蹲这儿你管得着嘛！”

盛意向来吵不过他妈，他妈吵不赢要么撒娇打滚，要么去向他那个高冷程度和斯文败类值得一比的爸告状。

无论哪一点，盛意都觉得头疼。

于是他一句话没怼，三两下拨弄了自己的头发，拿着手机就下楼了。

隔了老远，就看见苏以沫提着两大袋子零食站在那里，他连忙凑过去说：“我说你是不是傻，还真跑过来。”

他看了眼天，还好现在的季节天都黑得晚。

“我不放心，过来看看你。”

苏以沫将零食全部塞到他手里：“你慢慢吃，全部给你的。”

看着那满满当当的东西，盛意不由自主地就想象着小姑娘一个人在零食店认真挑选的样子。

她真的做什么都认真。

“我把今天布置的试卷，还有课堂笔记都给你带来了。你休息够了记得写一下，明天要检查，尤其是英语，你也知道英语老师看你不顺眼很久了，你也不想再在门口罚站了吧……”

“知道了。”盛意无奈地打断她，“苏以沫同学，你真的很啰唆，作业我都记着呢，会写的。”

闲聊了几句，盛意就催着苏以沫赶紧回家，看着那背影消失在眼前，盛意抱着怀里的零食，嘚瑟地笑。

一转身看见他妈蹲家里的阳台边上，借着窗帘掩护自己，唯独露出一张笑得很猥琐的脸，写满八卦。

盛意：“……”

03

苏以沫第二天早上刚来学校就看见盛意坐在位置上补笔记。

“你这么快就回来了？”苏以沫放下书包，有些惊讶地问。

盛意抬眼，一本正经地说：“我太爱学习了。”

“你太假了。”

“我就不能爱学习吗？”

“你刚抄笔记的时候，表情像是在看一碗配料十足的螺蛳粉。”

他故作夸张：“哎哟，这么明显？我演技退步了？”

盛意回来是为了和周颜、庄晓他们约篮球，好长时间没打，难得带上兄弟上球场造作一次。

中场休息，几人坐在篮球架下瞎聊，周颜凑过来瞧着盛意半天，一副欲言又止的样子。

盛意瞥他：“有话直说，你那智商不适合拐弯抹角。”

“昨天和苏学霸一起呢？”

“是啊。”

“我觉得你最近对苏学霸有点勤快。古话说，人要讲究雨露均沾，你对我的爱已经锐减至基本为零了。”

“说人话。”

“怎么说，就觉得你俩不搭。”周颜抓了把脑袋，斟酌着说，“人家是重本的料，到时候一毕业天南地北，你抓不住她的。”

周颜平日里嘻嘻哈哈没个样子，实际上对每个人心里都门儿清。

盛意抓不住她。

“说完了？”盛意面不改色。

“说完了。”

“周颜，你信命吗？”

篮球划过一个弧度被盛意截住，校服袖口因为挽起而露出一小截儿白皙手腕，那双眼眸仿佛盛着一片光。

“在这个世上有些人一旦相遇，这辈子就再也移不开眼了。”

篮球被往上一抛精准地落入篮筐内，他露出一丝得逞的笑意。

“你知道现在你眼里写着什么吗？”周颜冷不丁问。

“写的什么？”

“三分薄凉，三分讥笑，四分漫不经心。”

“……”

“你以后少跟着沈清乖后面看那些狗血总裁小白文。”

转眼间马上期末考试了，老许平日里奉行散养政策，但到了考试周，盯学生盯得就跟看一群撒欢往狼群里奔的羊崽子似的，恨铁不成钢。

“我一天到晚凶你们我能图什么啊，我是心理变态，还是脑子有病啊？我不就想你们少闯点祸多做点题，这么点小小的愿望都满足不了我，你们还是合格的学生吗？”

他慷慨激昂地吧啦吧啦说了半个钟头，说完满肚子都是气，背着手自顾自走了。

“老许最近频率够准的，一周三次，一次半个钟头，就爱找这大课间的时间给咱进行爱的洗脑。”盛意打了个哈欠刚从梦里醒来。

苏以沫把昨日他做的卷子改好给他，他懒洋洋地接过去订正。

“因为要考试，邢胜利最近盯我们班盯得最紧，总找老许谈话。”

物理竞赛的成绩出了，她弃考，成绩等于作废；夏一一不知是发挥失常还是怎的考得特别砸；唯独薄简晨稳定发挥，揽了个第一回来，按他这成绩，到高三时能去争一争保送的名额。

“今晚你有时间吗？”盛意突然问。

“我爸今晚出差回来，估计家里人会在外面吃饭。”

盛意啧了声。

“有事？”

他又摇头：“随便问问。”

苏爸确实是好久不着家，今日才从外地赶了回来。苏以沫回家的时候看着那个熟悉的身影坐在客厅，两人对望着，她干巴巴杵门口，头一次不知道该说什么。

好久不见？你去哪儿了？你想我了吗？

苏以沫突然发现这些小时候脱口而出的甜话，现在竟然一句也说不出。

她爸动了动嘴皮子，最后也只是浮出一丝笑容：“我回来了。”

小的时候她会把书包丢开，满心欢喜地冲过去扑进爸爸的怀里，一边撒娇，一边求着他带她去游乐园骑大马。

在她心中，游乐园一直是一个神圣而又梦幻的地方。

她只去过一次，那时话都说不利索，被爸爸大手抱着，妈妈在一旁笑得很开心，一家人高高兴兴的，贫穷却安逸。

苏以沫记得她当时指着云霄飞车咿咿呀呀地叫，她爸哈哈一笑，转身把她放在旋转木马上。她别过头眼巴巴对着云霄飞车，嘴一抽，眼泪在眼眶转啊转。

她爸没法子，妈妈笑了笑，将她抱在怀里温柔地哄着，她爸屁颠屁颠凑过来说："沫沫，等你长大了，爸妈再带你把所有的项目玩一遍。"

后来妈妈不在了。

关于一家人曾在一起的情景，渐渐地，苏以沫也只能回忆起短暂而又破碎的片段。

有时她会想，爸爸一个人会不会寂寞？

偶尔晚上口渴起来喝水，她拿着小杯子蹑手蹑脚推开房门，看到爸爸一个人坐在沙发上，没开灯，借着月光抚摸妈妈的相片。

过了好多年他才重新遇见了第二个他爱的人。那个时候，她爸先是带她去了 KFC，把平日里不让她吃的汉堡、薯条、鸡腿全部点了一遍，看着她吃得满嘴流油，这才小心翼翼地问，如果他带一个特别好的阿姨回家，她能接受吗？

苏以沫面色不改，说可以。

也是从那一天起，袁阿姨住了进来。

苏爸的手机适时响起解除了这一刻的尴尬，他连忙接通，却在听到那头的人说了一句话时激动得一下子跳了起来。

"沫沫，你袁阿姨要生了。"

本来这些天袁阿姨都是老实待在家里，可今天有个小展览需要她参与，想着预产期还有些日子便同意了。没想到进行到一半，那小家伙就等不及地要蹦出来了。

坐上车，苏以沫偏头看了眼一旁握着方向盘发抖的爸爸。

路上堵车堵了半天，好不容易才到了医院门口，她爸解开安全带，连车都来不及锁就飞奔出去，苏以沫跟着他的脚步走得飞快还有点追不上他。

等他们急急忙忙跑到产房前，袁阿姨已经被送了进去。护士不让进，苏爸只好在外面等着，脸上是好久未曾有过的喜悦。他在门口不停地踱步，直到那声啼哭响起，护士摘了白口罩喊了声“家属可以进来了”，他才如同百米赛跑一般冲了进去。

苏以沫没进去，她扒在门边透过那小小的一条缝隙，看她爸弯腰将怀中皱巴巴的婴儿抱给袁阿姨看。两人相视一笑，眼中仿佛只有彼此。

那一瞬间，苏以沫心底突然就空了。

七年的时间里，她看着眼前的男人从绝望到重振，从伤痛到找到了生活中的第二道光。

袁阿姨曾经带她去了一个又漂亮又高端的餐厅，里面有穿着讲究的服务生和拉小提琴的漂亮姐姐。她好奇，小心地跟在袁阿姨的身后，和袁阿姨坐在一个有落地窗的地方。袁阿姨妆容精致，将一份菜单放在她面前。

她眨眨眼，有些不适应地看着上面价格高得吓人的菜肴，最后点了份最便宜的意面和饮料。

“太贵了。”她对袁阿姨说。

袁阿姨只是笑，对她说：“沫沫，我第一次见你的时候，就觉得你很像我，所以我特别喜欢你，是以后都不会减少的喜欢。”

苏以沫从没弄懂过袁阿姨的神情，沧桑却带着一丝别样的韵味。她没问过优秀如袁阿姨为什么会选择她爸爸，那时的他事业刚刚起步，还带着一个半大不小的累赘。

“因为他值得。”袁阿姨笑得特别温柔，有那么一刹那，苏以沫觉得她像妈妈。

至于她的过往，大概又是另一个很长很长的故事。

啼哭声依旧剧烈，果然如袁阿姨所想，这是一个小男孩，都说男孩长得像妈妈，这个小家伙以后估计会是个很好看的小孩。

苏以沫轻轻把门关上，将那温馨画面隔绝在视线之外。

她给她爸发了个消息，说是同学找她有事，独自从充满消毒水味和哭闹声的产房门口离开。

天色还早，她漫无目的地走在街上。

手机铃声响起，来电显示：盛意。

“小姑娘。”那端吵吵闹闹的，“你在干吗呢？”

“在街上随便走走。”

“我去！你难得这么有闲工夫。”盛意调侃，像是想到了什么，按压住心中的一丝窃喜，“那什么，我过来找你呗。”

“我听你那边挺忙的。”苏以沫笑。

“瞎忙，都是瞎忙，一群人叽叽喳喳的，吵得头生疼。”盛意毫不客气地吐槽。

好像有人老大声抱怨一句：“盛哥，你睁眼说瞎话呢，刚刚玩游戏就数你声音最大。”

盛意随手扔了本杂志过去：“就你话多！”又问她，“你在哪儿呢？”

苏以沫报了个地址。

“等着。”

挂了电话，苏以沫就近找了个地方坐下，回过神才发现自己还有一篇新概念英语没背。她从高一起对自己的要求就是一周背一篇有300个单词的新概念作文，这样累积到高考，她大概能把那厚厚一本书给背个三遍。

于是她戴上耳机，闭上眼睛听着BBC英语原文。

这时，有个男生壮着胆子凑了过来，有一搭没一搭地找她聊天。

苏以沫神色淡淡的，往旁边稍微坐了一点，后来实在忍不住了，站起身子想逃。

那男生也是着急，一激动将她拉住。

苏以沫说了句“抱歉”，正准备甩开手，有个人从后面把她整个揽住，狠狠将那男生拉开。

她的目光不由自主地黏在那双骨指分明的手上，她猛地抬头，额头微微蹭到他的下巴，正好迎上对方的视线。

“哟，小伙子长得挺社会的啊。”语气吊儿郎当。

她目光微颤，心跳加快。

“你是谁啊？”那男生看着莫名其妙出现的盛意，在女孩子面前，语气不由得也加重几分。

盛意垂眸，轻轻拂过她那一小截儿泛红的皮肤。

“你盛哥。”态度极其恶劣。

“话说回来我妈从小就教育我，要谦虚平和，礼让他人，事事小心。但我长大后，只希望每个人都有个这样的妈。”盛意一双眼睛漆黑发亮，话语却是一句比一句咄咄逼人，“所以是你自己滚，还是我教你如何滚？”

那男生灰溜溜地跑了。

“盛意。”

苏以沫拉了拉他的衣角。他今天没穿校服，换了身十分正式的黑色西装，衬得身形修长笔直。

盛意回过头，看着她就劈头盖脸地“责问”：“你说说你咋就这么拈花惹草，跟周颜、沈清乖迷上的狗血小白文一样，上一次也是，这一次也是。”说完脸色稍缓，愤愤地说，“还好都被我撞见了。”

苏以沫：“……”

我没有，我不是。

他下意识地拍了两下她的头顶：“怎么着啊，我刚刚听你那语气，小姑娘又不开心了？”

苏以沫不说话。

盛意一眨不眨地盯着苏以沫，半晌泄气地说：“算了，我们来玩个游戏吧。”

“玩什么？”

“来玩掰手腕，你赢了，我带你去一个顶好玩的地方，成不？”

苏以沫好笑地说：“我力气小，比不过你的。”

盛意无所谓道：“你试试呗，不试试怎么知道。”

他带着苏以沫去街边的凳子上，两人半蹲着，盛意覆上她的手，笑着说：“我数 1、2、3 就开始啊。”

苏以沫认真听着。

“1，2，3……”

苏以沫猛地使劲，本以为不会有分毫的胜算，对方的手却软绵得一丝力气也没用上，她一下子轻松地掰到了右边。

她诧异地抬眼，盛意那笑容却越发灿烂：“哎哟，你赢了欸。”

04

徐磊觉得今天见鬼了。

盛意这“和尚”中途短暂消失了一会儿，回来的时候居然带着个女孩子。

他认识盛意这么多年，无论多漂亮的女生杵他面前，他都一律爱搭不理的损样，整天抱着个篮球撒欢。

徐磊认真打量起女孩，长得还行，皮肤很好没有化妆，身材单薄，但也仅限于此，存在感太低了，是那种丢到人群中就找不到的类型。

盛意中意这种调调的？徐磊有些抓狂。

“喂，你看够了吗？”盛意淡淡瞥了一眼徐磊风云变幻的脸，“看够了滚。”

“你现在的嘴脸就像只家养的纯种哈士奇。”徐磊无语，“下次出门能不能把工作牌戴上，要不是我屁颠屁颠到外面来接你们，你们不买票进得来吗？”

苏以沫好奇地左顾右盼：“盛意，你带我来这儿干吗？”

这里是本市新开的一个小型音乐厅会场，今天正好举办小提琴个人表演赛。

盛意不以为然地说：“听我拉小提琴呗。”

苏以沫惊了：“你还会拉小提琴？”

“怎么，不像？”盛意眼底含笑，开始胡说八道，“小姑娘，你有所不知，我小提琴拉得可好了。小迷妹从大厅一直排到咱学校大门口。”

“盛意你做个人吧，咱这搞业余音乐的要点脸成吗？”徐磊做呕吐状，看了眼前面熙熙攘攘的人群，估摸着今天有盛意的加入，这场表演赛的观众应该不少。

这次也算是对舞台的一种告别吧，以前在少年宫作为兴趣学了这么多年，之前一起学的朋友，如今大多不是面临高考就是步入大学，估计以后都很少有机会摸琴了。

盛意从徐磊背包里拿了一瓶橙汁塞给苏以沫，指了指前面的座位：“这里的位置随便坐，也别乱走，有什么事就找他。”他又指了指徐磊，“还有，结束了就在位置上等我，我很快就回来。”

看着苏以沫点点头，盛意才满意地起身，走向满头黑线的徐磊。

“盛意你真棒，拿我的橙汁给你家小朋友。”徐磊打趣道，“还需要牛奶吗？”

盛意白了他一眼：“帮我带她去里面找个位置。”

徐磊比了个 OK。

盛意下一个上场得去后台准备，徐磊笑嘻嘻地带着苏以沫往里面走。她有些拘谨，徐磊却天生话痨，一副“我已经当你是自家人”的架势。

他看着盛意走远了，这才不怀好意地对苏以沫说：“妹子，和你说个盛意的秘密。”

苏以沫给了他一个疑惑的表情。

徐磊压着声音说：“你刚刚是不是觉得，盛意这样的人压根就没有学小提琴的耐心？”

她如实地点头，说实话，她觉得徐磊也没有。

徐磊继续滔滔不绝：“其实啊，当初我也不信。上少年宫那会儿，我俩天天上课装肚子疼去外面树上掏鸟蛋。但是每次老师布置的作业这货都完成得特认真，他回家练得手上全是老茧，我就寻思着这里头不对劲啊。”

徐磊表情十分丰富：“我拿《七龙珠》的典藏卡牌去套他话，

这才套出来，这货小时候暗恋少年宫隔壁班上的一个小女生。可惜人家练了一段时间就走了，盛意还傻兮兮地觉得对方一定会再回来，于是练得特卖力，就想着女孩回来的时候在她面前表演一曲撑面子。”

“那女孩后来回来了吗？”苏以沫问。

徐磊摇头：“没见着，肯定是不学了呗。再说那时候年纪小，哪会什么喜欢不喜欢，现在他讲起来都是当笑话说了。”

“我们老师有过一句经典名言：连数学题上四选一的单选选择题你都选不对，你们半大点的小屁孩还想在人群中找到对的那个人？”徐磊一边调侃，一边带苏以沫直接坐到第三排的中间位置，视野好，看得也清楚。

“有事去后台叫我，我先走了哈。”徐磊看苏以沫坐下，这才准备离开。

苏以沫露出一个笑容：“谢谢你。”

“小事小事。”

苏以沫看着舞台尚未拉开的幕布，听着周围小声的议论。

“听说今晚那个长得很好看的男孩也有表演。”后排有个女生惊喜地对同伴说。

“哪个男孩？”

“盛意啊，又高又白的那个。”

“他不是很久没拉小提琴了吗？”

“不知道，突然就给他加了一场，说是自愿加的。”

……

幕布缓缓升起，苏以沫抬头，目光追随着正前方舞台之上那个瘦高的身影。盛意右手拿弓左手拿琴，轻柔的旋律逐渐响起，光线打在他身上，眼里流转出点点碎光，跟有星星似的一闪一闪。

他神色认真又专注。

惊艳，也很缥缈。

苏以沫没什么才艺，唱歌跑调，跳舞跟不上拍子。她爸工作忙，袁阿姨秉承着孩子就该自由自在地成长、变成啥样全靠造化的思想，只会关心她吃得好不好、穿得好不好。

苏以沫也算是学过小提琴，盛意的持弓法居然和自己一样，用的法国和比利时的方法，既能顾及持弓稳定，又能维持手指运弓灵活。

演奏的曲目是马斯涅的《沉思》，曲调婉转抒情，又带着一点伤感。

周围都安静下来，昏暗的座席上，每个人都沉醉在乐曲之中。

底下有人忍不住小声而又激动地喊着盛意的名字。

盛意抬起头，那双漂亮的黑眸顺着人群望去，平静地掠过苏以沫的脸。

美丽又危险，带着锋芒的刺让人不敢轻易靠近，一旦卸下一点点防备，却又让人甘之如饴。

她的心像是被什么东西塞满了。

苏以沫正看得专注，旁边的位置坐过来一个貌美妇人。

细长的眼睛，微卷的棕色长发，穿着法式及膝长裙，一双白皙纤细的脚踩着米色高跟鞋。

妇人看起来也就三十岁出头，拿着手机十分激动地拍着台上的盛意。

妈妈粉？

苏以沫偷偷瞥了一眼，正好看见对方脚边有个暗红色的东西，苏以沫弯腰捡起来才发现是个钱包。

“抱歉，请问这是你的吗？”苏以沫将钱包递给身旁的妇人。

妇人惊呼一声，放下手机将钱包收回，这才对苏以沫感激地笑了笑，只是妇人目光触及她的时候，表情明显愣了一下。

苏以沫摸了摸脸：“我脸上……有什么东西吗？”

妇人连忙摆手，笑得一脸玩味：“没有没有，看你太漂亮了，都把阿姨我给看呆了。”

苏以沫有些哭笑不得。

妇人又往苏以沫身旁凑了凑：“你也是来看这小子拉小提琴的啊？”

“嗯……他是我同学。”

“这么巧啊。”妇人一脸笑得跟开了花似的，自来熟地将她肩膀一揽，“你和阿姨说，这小子平日里在学校，是不是疯得逮谁咬谁？”

问这做什么？

苏以沫斟酌了一下还是回答：“盛意他挺受欢迎的。”

妇人一副明显不信的神情，她盯着有些腼腆的苏以沫，越看越喜欢，于是循循善诱道：“阿姨觉得和你很有缘分啊，要不，你做我干女儿吧？”

“哈？”苏以沫没反应过来，头顶却传来一记语气不太好的声音。

“妈，你跑这儿来干什么？”

盛意在表演完的第一时间狂奔到这儿，阻止他这干什么都过于脱线的妈。

苏以沫被那声“妈”吓得差点从座位上摔下去，那妇人却笑得更灿烂了，甜甜地喊了声：“儿子，妈妈是来给你拍超级帅气的照片的。”

盛意扫了她一眼，冷冷地说："删掉。"

"我不。"女人得意扬扬地把已经傻掉的苏以沫一搂，"我还没和我干女儿合照呢。"

盛意眼睛睁得老大，看着他妈蹭着苏以沫的脸颊，火噌地从胸口上升到嗓子眼。

"许靖轶！"

他忍无可忍地大声吼了一句。

05

盛意把苏以沫送去公交车站的时候，她破天荒地第一次提及自己的过去。

去世的妈妈，破碎的家庭，心底的郁结……故事讲到最后，苏以沫才说："今天我阿姨，给我生了一个小弟弟。"

盛意挑眉。

"虽然现在他还是皱巴巴的，但是我从那缝儿里仔细地看了，他的眼睛很大很好看。

"有一个弟弟我觉得挺好的，家里又多了一个热闹的人。

"可我好像有点嫉妒他了，怎么办？"

盛意说："这有什么，我小的时候天天和我表弟争宠，见面就打的那种，过生日时我许的愿望就是有朝一日把他打得屁滚尿流。"

苏以沫忍不住笑："你怎么这样。"

"没办法，我天生这样。"盛意戳了下她的额头，"傻姑娘，没有父母不爱孩子的，无论发生什么，他都是这世上最爱你的人。"

说话间，他想起自己那个雷厉风行的父亲，小的时候觉得父亲讨厌得要死，对他不冷不热不说，还总是告诉他没事一个人待着，别总找他妈麻烦。

后来渐渐长大了，父亲开始教他为人处世与浅显的商业法则，即便他性格完全遗传许靖轶活得跳脱又能惹事，但是在大事上，他却越来越像他爸。

那是一片天，是一座可以永远依靠的靠山。

“你知道吗？我之前看到过一句话，亲人只有一次的缘分，无论这辈子你和他会相处多久，到了下辈子，无论爱或者不爱，都不会再相见了。”盛意抬眼看着天空，“可他们其实一直在，只是变成了星星，保佑着我们。”

苏以沫盯着盛意，不知为何，那些一直堆积在胸口的想也想不通的事情，好像一下子豁然开朗。

守得云开见月明。

“盛意，你认真讲道理的时候，真的挺帅的。”

盛意头一歪，贫嘴：“我不讲道理的时候也挺帅的。咱商量个事，看在我这么帅的分上，让我喊你沫沫呗。”

他还记得单亦行这个梗。

“不行。”

“……”

苏以沫看到公交站台停了一辆直达她家的公交车，于是回头对盛意说：“我上车了，你赶紧回去，你妈还等你呢。”

盛意哦了声：“不急，让她等着，我看你上车再走。”

苏以沫对他笑了下，准备上车。

刚走两步，盛意又叫住她。

“什么事？”苏以沫问。

“什么事？”苏以沫问。

他支支吾吾半天，好像有些脸红。

“就告诉你一声，前面的路还长，无论发生什么事，你尽管大胆朝前走。我保证只要你回头，我一定站在你身后。”

夜微凉，一片透明的灰云淡淡遮住了月光，如墨般的夜空弥漫着浅浅的湿气。

“无论是我，还是周颜、沈清乖，我们都会站在你的身后，我们是你的剑鞘，也是你的力量。”

我会是你的力量。

身后车辆川流不息，车前照灯转瞬照亮了彼此坚定的身影。

苏以沫并不擅长交朋友。

但自从分班之后，她的身边似乎总是充斥着欢声笑语，不再像从前，除了薄简晨，就是她一个人。

不知什么时候，盛意已经变成了一个于她而言，足够重要的朋友。

不是可有可无的同桌，而是朋友。

“好，我记住了。”苏以沫露出一个灿烂的微笑。

回家的时候，爸爸给她打来了视频电话。

“我给你看看弟弟，名字取好了，就叫苏以笙，他和你小时候一样可爱，看着他，我总能想起你。”

所以，越看越喜欢。

苏以沫被他感染，笑着点头，只见视频换了个方向，远远朝着小家伙。

小家伙原本还在哭闹，镜头一来，立马不哭了，一双漆黑大眼十分好奇打量着手机里的苏以沫。

袁阿姨惊呼：“一看到沫沫居然就不闹了。”

爸爸也笑：“看来，弟弟很喜欢姐姐。”

苏以沫盯着屏幕里的小婴儿，只觉得无比奇妙，大概是融于血液的一半亲缘的原因，这个小家伙让她想要捧在手心里好好地疼爱。

“我也很喜欢他。”

自己唯一的弟弟，苏以笙。

06

薄简晨坐在一家饮品店里，点了一杯冰奶茶和一杯热奶茶。

他似乎是想到了什么，摸出手机，点亮屏幕，果然又是十几个未接来电。

短信一条一条地跳出来。

“你要任性到什么时候？”

“你想和那男人一样让我失望？”

“我明天晚上的飞机回来，希望那时候你给我乖乖待在家里。”

他面无表情地读完，一条一条删除。

“抱歉，有些事情耽误了。”

夏一一推开门，走到薄简晨的对面坐下。

“不知道你喜欢喝什么，给你点了杯奶茶，热的。”他记得女孩子应该少喝冰饮。

夏一一盯着那杯冒着热气的奶茶，没喝，扑哧一下就笑了。

如果忽略因熬夜而黯淡的皮肤和去不掉的黑眼圈，她笑起来其实还算好看。

"不喜欢吗？"

夏一一摇摇头，看着他的眼底十分复杂："我发现你无论对谁都是一样好，跟出家人似的嘴里念着慈悲为怀普度众生，不生气不发火，活得像个机器人……噢不，对一个人是不一样的。"

夏一一自顾自说道："你对苏以沫不一样，只有对着她的时候，你才会笑。"

她总说自己是个不幸的人，出身卑微，父亲酗酒，遇到过校园暴力。

而她曾经成绩差，长相平庸，把人生过得一塌糊涂，就连内心都是丑陋的，见不得别人好，也见不得别人对在意的人好。

可就是这样卑怯的自己，从遇见薄简晨的那一刻开始，做的每一件事，都是为了靠近他。

"你记得我吗？"

夏一一将眼镜取下来，像是自嘲般叹了口气。

他一定不记得了。

"我记得。"薄简晨缓缓地说，声音一如既往的温润。

那时候他们班的人总是欺负夏一一，会把她的书包偷偷扔掉，会想尽一切办法把一个女孩子的自尊碾碎在地上。

喜欢一个人可以有很多种理由，可讨厌一个人，并不需要理由。

薄简晨不屑加入这种无聊的游戏，他众星捧月，忙于自己的学习，刻意把自己变成一个旁观者。

一个，同样卑劣的旁观者。

"遇见你是高一，那天下着雨，你没戴眼镜，校服里套了件白色衬衫，很好看。"

夏一一记得很清楚，因为她从不穿纯白色的衣服，她总穿着老气横秋的暗色衣服，倒不是因为喜欢，难得买一次衣服，这样就算她穿很久也不会弄得有多脏。

很小的时候，她就明白一个道理：这个世界是不公平的。

这个世界一点也不公平。

尖锐的、令人不喜的现实忽地闯入了她的生活，撕碎了她幻想的糖衣，不由分说地告诉她，这就是她沉默而无望的一生。

童话里的丑小鸭终归不是通过努力就变成了白天鹅，即便它好吃懒做，被人嘲讽，它骨子里依旧还是一只白天鹅。

分班前她无缘无故被班上的同学欺负，书包被扔在水坑里，里面散落的纸张书本全部黏糊糊地粘在一起。

她看着那些人宛如胜利者，打打闹闹着走远，才一声不吭地弯腰一本一本地将书塞回那个已经惨不忍睹的旧书包里。水渍顺着她的刘海，顺着鼻尖淌落在地上。

一把天蓝色的伞在她头顶撑开。

夏一一微微怔住，抬眼看见薄简晨那张不苟言笑的脸。

这个少年，宛如神祇，降临在她灰白一片的世界。

那一刻，像是有人把她推到满是闪光灯的舞台，眼睁睁看着无数人嗤笑着，拿烂苹果、臭鸡蛋使劲往她身上砸。她狼狈地低下头，手攥着书本的一角发抖。

薄简晨一言不发地帮她把那些泡得发胀的课本叠好塞进书包，白净的手上沾上沙土，却丝毫没有半点嫌弃。

夏一一连头都不敢抬起，颤着音说："谢谢。"

薄简晨手一顿，脸上难得浮出一丝淡得几乎看不见的失落："你怎么和她一样，我做什么大事小事都要对我说一句谢谢。"

她将头垂得更低了。

"你和她挺像的。"薄简晨自顾自念着，帮她把书包拉链拉好还给她。

夏一一警觉地听见那个“她”字。

能被薄简晨记挂的“她”，叫作苏以沫。

命运安排似的，这个成绩优异的女孩阴错阳差地来到了2班。她开始暗暗观察苏以沫，观察苏以沫的习惯，苏以沫的学习方法，苏以沫的说话方式，苏以沫的一颦一笑。她开始疯狂地学习，补上之前落下的功课，想一鸣惊人，想一点点靠近自己心里的神。

薄简晨说过，有那么一瞬间，她像苏以沫。

没关系，只要你愿意，我可以不是我，我可以变成另一个苏以沫。

“薄简晨，我真的超级努力了。”夏一一轻轻喝了一口甜得发腻的奶茶，“以前是自暴自弃，不听讲，不写作业，不想活在这个世界上，可我后来醒悟了，我想变好，所以在不到一年的时间里，光是物理辅导书，我就写了快有十本。”

上课写下课写，她见过冰冷潮湿的深夜，也见过朦胧的日出。

但那依旧没用，她起步太晚，物理竞赛她花了十成的力气，却依旧败北。

“我……不知道该说什么，我其实一直……”

一直都没注意到你，那次善意的举动，也不过是习惯性地对周围人示好而已。

他想成为众人敬仰的神，却从未想成为一个人的神。

“我想问你一件事，当然，我没有半点恶意，你……昨晚给我发的短信，是什么意思？”

薄简晨隐隐察觉到了什么，却依旧希望只是自己多想：“夏一一，你知道我说的是什么。”

她笑，笑得眼底一片黯然：“你那么聪明，没猜到？”

她从来就没想过瞒着他。

甚至于她总是在想，只要你开口，我就会把一切都告诉你。

你为什么不问呢？

“对不起。”薄简晨道歉，“我觉得我欠你一句对不起。”

夏一一好笑地说：“道什么歉，我从来就没想过要从你这里得到过什么。”

“还是要说对不起。”薄简晨像是在自嘲，“我谁也抓不住，在这个世界上，人应该最爱自己。”

“薄简晨，谁都能说这话，唯独你说出来，我一点也不信。”

夏一一反问他，像是嘲讽：“这话你是对我说的，还是对你自己说的？”

“可能是自己吧。”

薄简晨站起身，头一次对她笑了一下：“钱我付过了。夏一一，你以后好好的。”

说完，他转身离开，头也不回的那种。

也是，他从来就不会回头。

浓墨般的夜色拥抱着灯火，夏一一仰头，盯着头顶白得发亮的天花板。这种感觉就像是漂浮在海洋里，又或是站在喧嚣的街道尽头看着来往的行人走走停停。

好半天，她才喃喃：

“可我不喜欢这个世界，也不喜欢我自己。”

第七章

chapter 07

盛世烟花，万人欣赏

01

市一中为了迎接高二最后一次期末考试，特意取消了周末双休，改成留校两天补习。

顺带附赠试卷双倍奖励。

周颜气得又想写封举报信拍在校长室的桌子上。

盛意调侃他：“别往校长桌子上拍，你往教育局拍。”

周颜没好气道：“兄弟，怎的，被抓包了你赎我啊。”

“顶多送顿盒饭不能再多了。”

在这种紧要关头，老许却突然出事了。

听说是出了车祸，虽不严重，但手骨折了。

“老许要是不在，理 2 班怕是要翻天。”周颜一边叹息，一边掏出一部借来的游戏机。

“我要对得起老许给我的这个机会。”

沈清乖过来找苏以沫吃午饭，听到这一句，冷哼一声：“你先对得起自己的良心再说吧。”

“沈清乖你又想打架了是吧？”

周颜的开心还没有维持两个小时，数学课的时候老许居然回来了。

他吊着的手上打着石膏，将鸦雀无声的2班打量一番，这才心满意足地说："看什么看，我'许汉三'又回来了！"

话音刚落，全班鼓掌。

"敬业，这是真的敬业，我真是服气。"周颜拍得最欢。

这样的日子过得飞快，每一天早晨慌慌张张地起床，换上洗得发白的肥大校服，吃上一碗热气腾腾的早餐，迎着朝阳里好闻的清风不情不愿地往学校赶去。

然后是六门课程来回地转着上课，每天发下来的试卷依旧多得能淹死人，各种各样的闲话八卦依旧漫天飞。

兵荒马乱中，期末考试终于是结束了。

闷热的夏天也终于不声不响地临近。

高二升高三要提前补课，满打满算假期也就不到一个月的时间，还不算那些布置得跟五指山似的作业。

但十分容易满足的他们依旧乐疯了。

老许看着心已经蹦到外边撒欢的自家学生，幽幽地说："你们也就这点追求，放什么假，玩什么玩，给我记住了，升高三的暑假，不过就是换了个舒服一点的地方学习。要把学习当作呼吸，随时随地进行。"

同学们表面乖巧点头，老许背手一转身立马将他的话抛之脑后。

"你还记得第一次月考，我和你的那个赌约吗？"

考完试当天，苏以沫主动提及。

盛意这才恍然想起还有这么大一福利，那次月考后又是被诬陷又是其他一大堆破事，他早就把这约定给忘在脑后了。

“明天去吧，明天早上我们在学校门口集合。”苏以沫十分爽快地决定。

阳光泻下，散成细碎的光点，树梢的沙沙声与百雀鸣啼交叠成悦耳的奏响在盛意心头荡漾，他全程都在开心地点头。

只有他们俩。

第二天，盛意就知道自己想多了。

他刚到集合地，周颜这厮就从老远冲过来一把抱住他，朝他挤眉弄眼：“怎么样兄弟，够意思吧？为了不让你们寂寞，我连我姥姥家都没去改来陪你，是不是特感动？”

盛意表情十分复杂地瞅他老半天，没好气地说：“我谢谢你啊，我感动死了，我代表你姥姥谢谢你。”

“客气客气，都是兄弟，你这样说我都要不好意思了。”

“你别不好意思，你走吧，你姥姥可想你了。”

沈清乖揽着苏以沫，幸灾乐祸地看着他们。

“你有没有觉得盛意很像一种动物？”她问苏以沫。

“是吗？”苏以沫仔细打量着对方，有些不解，“像什么？”

沈清乖解释得十分细致到位：“对着陌生人的时候像头狼，对着周颜他们这种熟人的时候像只阿拉斯加，对着你的时候就像一只哈士奇。”

苏以沫笑得肚子疼。

盛意分出一丝精力朝着沈清乖吼：“你又背着我说我什么坏话呢！”

沈清乖也吼了回去：“夸你帅呢！缺德玩意儿！”

刚进游乐园，沈清乖就收到了盛意发来的信息。

"带着周颜离开一会儿，随便找个什么理由。"

"你求我啊。"

"讲道理，我长这么大没求过人，求人是小狗，你换一个。"

她面色不改，噼里啪啦打上几个字："我有什么好处？"

"一个月的巧克力我包了。"

"两个月。"

"成交。"

沈清乖收起手机，把十分兴奋的周颜使劲一拽："傻子，陪我去买几支雪糕。"

周颜心心念念云霄飞车，头也不回："你不能自己去买吗，又不是没长腿。"

说完，他就觉得杀气迎面而来。

十分识大体的周颜讪笑着说："行，不就买个雪糕吗？我去，我去还不成嘛。"

两人打了个招呼走了。

计划很顺利，盛意戳了戳苏以沫的肩膀："小姑娘，他们估计还要一会儿，我们先自己去玩个项目呗。"

苏以沫想了想，觉得挺有道理的，点点头："玩什么？"

"你想玩什么？"

"我想玩那个。"

盛意顺着苏以沫指着的方向一看，好大一顶支起来的帐篷，顶上写着四个大字——青藤鬼校。

盛意："……"

他低头郑重地对苏以沫说："商量个事，咱换个项目玩怎么样，鬼屋……挺没意思的。"

“我一直想玩这个，别人都说这家特别好玩，我就想试试。”苏以沫眼巴巴地盯着那牌子。

“盛意，我们去玩一下，好不好？”

苏以沫声音软软的，酥得盛意下意识说了句好。

站在检票口，他满脸写着“视死如归”这四个大字，看着那化妆化得惨白的工作人员面无表情地递给他一个开了跟没开差不多的小电筒，告知他们进去不准破坏道具，也不准殴打工作人员。

“现在能退票吗？”

“不能。”

工作人员把门一开，放两人进去了。

一片漆黑，偶尔传来一阵诡异的哭声。

盛意身子一抖，往苏以沫身旁靠了靠，但他好面子，又执拗地说：“咱……咱往前走？”

苏以沫点点头，两人顺着箭头，来到了一间浴室。

那浴室又小又脏，镜子前面还搭着一块脏抹布，上面染了一大片红色的不明污渍。

打开水龙头，流下的全是和抹布上一样颜色的液体，带着一股子铁锈味。

“挺有意思，道具做得还挺逼真。”苏以沫是真的完全不害怕，甚至有闲心捡起其中一条断腿仔细地打量。

盛意觉得自己再往前走几步就相当于是踏上了不归路，而且是回不了头的那种，于是掉头就想开门走人，奈何那门锁似乎是被反锁了一般，怎么打也打不开。

啪的一声，这浴室里的灯光灭了，狭小的空间里顿时一片漆黑。有冰凉的水珠滴在他的肩膀上，一滴一滴蜿蜒而下。

他有些无法适应完全黑暗的空间，眯着眼睛往上看去，顿时吓得差点一屁股摔坐在地上。

那房顶角落挂着一颗脑袋，被银白色的干枯头发包围着，遍布皱纹的脸颊上两只凹陷进去的眼睛盯着他们。那头发从角落一直蔓延到他的头顶，上面全是湿漉漉的水珠。

盛意的脸唰的惨白，一下子紧紧攥住苏以沫的手。

苏以沫依旧淡定到不行，那假的老人脑袋随着盛意的动作也转了转，咧嘴露出一个诡异的微笑。

盛意从来没有像今天这样嫌弃自己的视力，连那脑袋嘴里剩几颗牙都看得一清二楚。

现在这种情况不做些什么，大概就可以直接打电话给卖棺材的谈一下年末打折的事情了。

虽然两腿颤得厉害，他的手却哆哆嗦嗦伸了伸，掏出刚刚没上交还揣在口袋里的手机。他按下了开关。

“好运来祝你好运来，好运带来了喜和爱，好运来我们好运来，迎着好运兴旺发达走四海，叠个千纸鹤，再系个红领带，愿善良的人们天天好运来……”

盛意：“……”

放错了，他的《大悲咒》去哪里了？

02

越往后走路愈窄，那些扮鬼的工作人员看这帅小伙满脸“你们要是搞我一下我就弄死你们”的表情，都十分友好地伸伸手伸伸脚顺带在他面前号一嗓子。

周围全是鬼怪帮的低吼咆哮和撞门拍墙声，盛意脸上的肌肉都抽麻了。他低头瞥一眼苏以沫，她舒坦得跟回自己家一样。

盛意：“……”

“小姑娘，你知不知道你现在的神态和动作一点都不符合你平时的人设。”

苏以沫明显地感受到盛意的手心出了一层黏腻的冷汗，忍住笑意问：“你怕鬼啊？”

“呵，开什么玩笑。”盛意维持着表面呆若木鸡的镇定，将苏以沫的手放开，“谁怕谁是小狗，我就是嫌弃这鬼的扮相太丑了，实在是丑到我了。”

说着他硬着头皮往前走了一步，一抬眼，不知道从那个旮旯里蹿出一个带着斧头的鬼，对着他就是一声嘶吼。

盛意愣了半秒，然后连哭带号，连滚带爬，直接百米冲刺就从安全出口跑了，剩下苏以沫和那扮鬼的工作人员大眼瞪小眼。

“你同伴被吓跑了，你还继续玩不？”

“嗯。”苏以沫淡定地回答，在工作人员的帮助下爬上了高高的通风管道，回头十分郑重地对还没缓过来的“鬼”说了声谢谢。

出来的时候，她看见蹲在小草坪旁思考人生的盛意。

“那鬼实在太丑了，我一激动就从安全出口跑出来了。外面看门的死活不让我进去。”盛意弱弱补充一句，“你信我，我没打算抛下你的。”

苏以沫憋笑，十分捧场地点头。

正巧周颜和沈清乖也回来了，前者骂骂咧咧，敢怒不敢言，看见苏以沫才忍不住抱怨：“你说沈大小姐是不是有病啊，前面不到一百米就有卖冷饮的，她非说那家店所处位置的风水不好，然后连拉带扯地拖着我去了一公里以外的小凉亭下的推车上，买了一支绿豆冰棒。”周颜一副无语的表情，“进了游乐场啥也没玩，结果为了一支绿豆冰棒走了两公里。”

沈清乖一个凶狠的眼神甩过去，周颜立马噤声。

她哼了一声，瞥了一眼脸白得跟墙似的盛意，眉头皱了皱：“你那什么表情，刚刚看见鬼了啊？”

“你怎么知道？”苏以沫笑，“刚刚打发时间，我和他去鬼屋玩了一圈。”

话音刚落，沈清乖像是听到什么特好玩的，她看着盛意，扑哧一下笑出声：“你什么情况，上次咱去鬼屋的时候，你把工作人员揍了的事，你忘记了吗？这么快就想重温当初的感觉了？”

“做个人吧沈大小姐，你不说话没人把你当哑巴。”盛意刚缓过来一点，抬眼没好气地说。

沈清乖白了他一眼，心想我花费了宝贵时间和金钱给你创造这么好的机会，你还在这里叨叨。

助攻决定罢工！

她一把挽过苏以沫的胳膊，头一歪靠在对方的肩膀上撒娇：“小可爱，我们不管他们了，咱去玩前面那个。”余光朝黑了半边脸的盛意得意地一瞟。

看着两个女孩子亲密地走远，周颜这才缓缓揽过盛意的胳膊，说：“兄弟，这么多年你还没明白一个铁打的道理吗？”

“啥道理？”

“咱做男人的，上刀山下火海怼天怼地无所不能，唯独一点——”周颜手脚并用，十分认真地传授经验，“永远别惹一个女人，尤其是面前的两个典型，打也打不得，骂也骂不得。”

“……”

“见鬼了，我第一次觉得你说的话有点道理。”

中午艳阳高照，几人在景区买了东西坐在店里吹空调，将一顿午饭吃得十分愉悦。鉴于周颜一直嚷嚷着要去坐云霄飞车，他们决定满足这厮的愿望。

“顺着指示牌走，大概绕过这个山洞就是了。”沈清乖大步地走在最前面。

正巧前一班云霄飞车刚结束，前面拥出了一大群从山洞口出来的游客。

这时，袁阿姨发了个短信问苏以沫今晚在不在家吃晚饭，她放缓脚步，慢吞吞走在后面回消息，低头回短信的工夫，已经和盛意他们隔了好几个人的距离。

看着他们快要消失在自己的视线之内，她才有些着急，连忙往前跑，奈何旁边有一个块头特别大的中年大叔，直接挡住了她的大半视线。

她尝试了几次都没能过去。

突然有一只手横了过来，抓着她的胳膊把她往前面一拉。

苏以沫稳了稳步子，盛意侧着身子看着她：“喂，商量个事，你下次别站在我看不见的地方。”

“啊……”

苏以沫发愣，旁边那大叔有些不爽地瞧了眼盛意，嘴里嘟囔一句：“半大点小屁孩，挤什么挤，你好意思吗？”

盛意连眼都没抬，把苏以沫护在怀里，眉头稍微蹙了一下，他比那大叔还要高半个头，冷哼一句：“和小孩子挤，你好意思吗？”

那大叔悻悻地瞪了他一眼，一句话没敢说。

苏以沫抓着他的衣角，抗议道：“我不是小孩子。”

盛意哦了声，低下头眼底都是笑意：“是是是，你不是小朋友，你是大朋友。”他轻轻一拍她脑袋，“走吧，大朋友。”

沈清乖和周颜等在前面不远处，盛意往旁边看了看，对苏以沫他们说：“我去旁边买个东西哈。”

“你现在跑去买什么？”周颜有些好奇。

盛意没回答，转身走近拽着一堆动物气球的小贩身旁。

不一会儿，他拽着两只气球回来，一只橘猫的给了沈清乖，一只白兔子的给了苏以沫。

“盛三岁，你没事买充气气球回忆童年啊。”沈清乖盯着头顶飘啊飘的气球，哭笑不得地说。嗯，这气球，真丑。

盛意给了她一个白眼：“谁说是给你买的，买一送一，你那是送的。”

沈清乖气得一口气没缓上来：“你那什么白痴眼神！”

“成年人看未成年人疲惫不堪的眼神。”

“你可拉倒吧！”

两人互怼的时候，周颜就乐呵呵地在一旁傻笑。沈清乖吵累了，拽着气球往他脸上狠狠一甩：“你乐个啥玩意儿呢！”

“不是，沈祖宗咱讲讲道理，我一句话没说你，为什么最后挨打的都是我？”周颜被打蒙了，想嚷嚷又不敢大声。

盛意将绳子在苏以沫手腕上系了一圈。他真是想到一出是一出，苏以沫忍不住笑：“你干吗呢？”

盛意系好才抬头说：“我妈以前非拉着我来这样的地方凑热闹，她想玩，又怕我走丢，于是每次都买个气球绑在我的身上。这样她无论在哪儿，一回头看见有个气球飘着，就大概知道我的位置了。”

“所以……”

“所以，怕你丢了，大朋友。”

看着对方一脸认真的模样，苏以沫有些纠结，但还是小声开口：“那个……我们现在要去坐云霄飞车。”

盛意听她说完。

“云霄飞车上不能带气球。”苏以沫将绑着气球的手腕往他那方向一伸，“对不起。”

盛意伸在半空中的手僵住，顿了半天，才扯出一个牵强的尴尬笑容：“好像是这样的哦……”

“那……那我解下来绑在外面的杆子上，结束了再帮你系上？”

“好……”

周颜眼巴巴看着他们结束尴尬的交谈，转身看了一眼身边有一下没一下打着橘猫气球的沈清乖，将声音放缓，故作甜腻腻的口吻对她说：“乖乖，你不怕我丢了吗？”

沈清乖身子微微抖了下，脸色十分复杂且嫌弃地瞧了对方一眼。

“你丢了就丢了呗，说实话，要不是因为贩卖人口犯法，我早把你打包按斤卖了。最近猪肉都涨价了，你铁定卖不少钱。”

周颜：“……”

03

等到天黑之后，游乐园才算得上是真正的热闹，络绎不绝的人比白天还要多得多，周围商铺也都支起了帐子开张做生意。

“看看看，摩天轮欸。”沈清乖十分兴奋地指着那闪烁着星点的远方，“我看了这游乐场的项目介绍，他们家摩天轮的设计居然仿的‘伦敦之眼’。”

沈清乖朝着苏以沫挤眉弄眼，在她耳边悄声说：“听说过‘伦敦之眼’吗？”

苏以沫点头，挺直腰板，一本正经地开始背书：“‘伦敦之眼’坐落于英国伦敦泰晤士河畔，于 1999 年年底正式开幕，是世界上首座也是截至 2005 年以来最大的观景摩天轮。”

“打住打住，我不是说的这个。”

沈清乖无语，凝神又和她咬耳朵：“小可爱你听好，姐给你普及一下流传许久的一个浪漫传说。据说，要是和自己此生最重要的人一起登上‘伦敦之眼’的最高点，那么这两个人就会长长久久地，一辈子都在一起哦。”

一辈子都在一起。

苏以沫的脸唰地红了。

“无聊。这摩天轮有什么好玩的，不就是一个圆盘挂着几个车厢，然后慢慢吞吞地绕圈圈，还不如早点回去睡觉。”

钢铁直男盛意非常轻蔑地瞧了眼那花花绿绿的和孔雀开屏似的玩意儿。

嫌弃，不想玩。

这话刚说出口，苏以沫就从后面拉了拉他的袖子，大眼睛泛着光，小心翼翼地问：“盛意，你要一起吗？”

盛意盯着她，半张着嘴，好半天也没发出一个音节来。

亲娘啊，这小姑娘卖可爱没经营许可证啊。

他别扭地咳嗽一声：“那什么，你想玩的话，我就勉为其难地陪你一次呗。”

在检票口排了好一会儿的队才终于轮到他们，盛意把苏以沫往前轻轻推了推：“你先上。”

周颜顺势也要溜进去。

沈清乖眼明手快，提着他的衣服领子又把他拽了回来，质问道："你上哪儿呢？"

周颜回头，一脸无辜地看她："上去坐摩天轮啊。"

"等下一个。"她斩钉截铁。

"为什么？这车厢这么大，坐四个人绝对绰绰有余。"

"你太胖了，四个人超载。"

周颜："？"

苏以沫从里面探出头："你们不上来吗？"

"那啥你们先上，我们不着急，坐下一个就成，一人一边空间大。"

沈清乖乐呵呵的，连一个嫌弃的眼神都不想给周颜了，提着哇哇叫的他就往下一个车厢走去。

沈清乖给盛意发了条短信。

"姨妈巾小王子，我特意为你打听到今晚游乐园有烟火晚会，算算时间，还有几分钟就要开始了。"

"语气要温柔，眼神要深情，身子要前倾放低。"

她简直就是这个世界上最优秀、最敬业的助攻。

盛意收了手机，看苏以沫扒在窗边好奇地往下望，底下高大的建筑随着他们所在位置的升高变得越来越小。

"你这个小姑娘真奇怪，平日里看起来柔柔弱弱的，却又不怕鬼不怕高。"盛意与她相对而坐，百思不得其解地说。

"你觉得我喜欢什么？"

"洋娃娃，甜甜的泡沫连续剧和狗血小白文。"

苏以沫全盘否定，清亮的眼眸盯着对方说："我不喜欢洋娃娃，平日里看得最多的书是日本作家东野圭吾写的悬疑小说，偶尔也会看一下恐怖电影。”

顿了一下，她问：“很惊讶？”

“有点。”盛意若有所思地笑，“但也不是很惊讶，你就跟物理竞赛题一样，我每翻开一页，就像是打开了新世界的大门。”

盛意看了眼手表，立马转了个话题。

“对了，沈清乖刚刚说，好像马上会放烟花什么的，我们坐的这个位置刚刚好。”

“你说……今晚有烟花？没骗我？”

“骗你做什么。”盛意垂眸，扫了眼窗外。

头顶的夜空炸开一道光影，银屑飞扬，四散开来绽出点点星光。

“真美。”

盛意笑：“是……很美。”

一枚巨大的烟火在他们身后腾空而起，骤然绽放出一道光芒，宛若花瓣飘落下来。

密密麻麻的人群站在底下欣赏这场盛大烟火，外面是一声声巨大的轰鸣，而里面门窗紧闭，静谧无声。

盛意正欲开口，《好运来》的高潮部分却恰好在耳边响起，带着一股无法忽视的喜感。

他一怔，这才反应过来，好家伙，手机忘记设静音了……

盛意垮着一张脸，看苏以沫憋着笑，举起手机对着那边就是一声吼：“这次又是哪位大爷！”

那边静默了几秒钟，传来许靖轶又做作又甜腻的声调：“要死啦，你凶什么凶，你见过谁家儿子凶自家老妈的吗？告诉你，妈妈我生气了，哄不好的那种。”

盛意压着火：“你想怎么着？”

许靖轶好像在嚼着什么东西，嘴里咔嚓咔嚓的，含混不清地说：“你诚心诚意地哄我，我也勉强接受。就是你玩的那个地方啊，附近有一家超级……超级好吃的甜品店，我儿子那么聪明，你懂的。”

“不好意思，我不懂，我不聪明，我脑子有病。”盛意面无表情地说完后挂断电话，不给对方再说话的机会。

“你别对你妈那么凶，我觉得她人挺好的。”苏以沫忍不住说。

“都是假象。”盛意冷哼，“这么和你说吧，我刚满一岁的时候，有次照顾我的阿姨有事回老家去了，许靖轶抽风，自告奋勇地要照顾我。那时候是冬天，她怕我冻着，当然我也不知道室内空调打到27度她为什么怕我冷，反正她从衣柜里翻出了我爸早些年的军大衣，想给我套上，结果套了一半闺蜜给她打了个电话，她就跑去接电话，聊嗨了之后完全忘记我还在军大衣下面，她转身一看我爸的衣服搁在那儿，下意识地一提，直接就把我给甩地上去了。”

苏以沫憋笑：“然后呢？”

“然后，她怕我爸说她，看我摔蒙了没哭出来，趁没人又把我给悄悄塞回去！”盛意一直觉得他能活到现在完全靠造化，“重点是这事还是许靖轶喝多了自己得意扬扬告诉我的，我那个气啊，我爸就在旁边，啥话不说，就一脸傻笑地看着她发酒疯……真的，他俩是真爱，我充其量就是个不美丽的意外。”

苏以沫忍不住了，但还是十分有礼貌地问了句：“可以笑吗？笑出声的那种。”

“不可以，憋着。”

故意凶巴巴地说出这话后，他的手机又响了。

这次是周颜。

盛意开口就是怼："你就不能养成发短信的良好习惯吗？"

对方愣了半天，而后十分小心翼翼地问："盛哥，抒情完了吗？"

"关你什么事？"

周颜舒了口气，语气这才活跃起来："看起来是抒情完了，那什么，江湖救急。"

"曰。"

"收留我一晚上。"

"……"

"我家不仅停电停水，空调开不了，电视看不了，我爸妈也出门旅游去了。我这么一个孤苦伶仃的留守儿童，刚刚又发现坐云霄飞车时把钥匙给甩没了。"

他又补充："我不管，我必须去你家睡。"

盛意一头黑线地听他说完，回了句"呵呵"，毫不留情地挂断。

"谁啊？"苏以沫随口问。

盛意轻描淡写道："没事，诈骗电话。"

04

回家的时候，盛意他爸告诉他，他拜托的事已经解决了，而后甩给他一份图书馆物理竞赛那日的监控拷贝。

"谢谢。"盛意小声嘟囔。

那男人看他的眼神带着少许的玩味："我听你妈说，你最近和一个长得特别乖的小姑娘走得近，还特意在家做了饼干带给人家。"

往事不堪回首，盛意想到那些被扔进垃圾桶的饼干，没好气地说："你什么时候和我妈一样八卦了。"

"随便问问，了解一下我儿子的情感状况。"

"我谢谢你啊。"

盛意回房间将拷贝U盘插在电脑上，聚精会神地盯着黑白录像仔细翻阅。而在快进到第一场竞赛开始之前，那个储物室的走廊边缘赫然出现了一个熟悉的人。

他看了好久，表情凝重，想了好久后给苏以沫打了一个电话。

"你觉得当初那人为什么什么都不拿，单单就拿走你那条手链？"

苏以沫立刻反应过来："你查到了什么，是吗？"

"我查了监控，然后找到了拿走手链的人。"

盛意将画面暂停，那双平淡冷漠的眼睛盯着镜头。她明知这里有摄像头，怎么还偏偏抬眼坦然地看着，毫不畏惧被人查到。

"你想知道那人是谁吗？"

"我知道。"

盛意眨眨眼，有些惊讶："你知道？你怎么知道的？"

"那事之后不久，她就来找我了。"

两人约在一家奶茶店见面，苏以沫赶去的时候，对方就坐在位置上，还好心帮她点了一杯温热的奶茶。

"夏一一。"苏以沫念道。

对方看起来心情不错，甚至抬眼难得地对她露出笑容："这个地方，我上次和薄简晨来过，他给我点了一杯热奶茶，所以这一次，我也给你点一杯一模一样的。"

"诬陷盛意作弊，也是你做的吧。为什么这么做？"

苏以沫坐下，看着那杯奶茶，直奔主题。

“你问我原因，我其实也不知道。”夏一一低眸，“从小到大，我只想逃离我现在的人生，想要嚼碎掉曾经那些嘲笑和欺凌。

“我把薄简晨当作生命里的一道光。你上过那么多次的颁奖舞台是知道的，站在上面，灯太亮，是看不见底下的人的，所以我也想站上去。就算做不到，至少也不让除了他以外的旁人站上去。”

她话音刚落，苏以沫就笑了。

夏一一也笑：“觉得我很可怕？”

“不，我觉得你很可怜。”

夏一一不笑了。

“苏以沫，我和你们不一样，什么都不一样。

“我不想泯然于众人，像碌碌无为的千万人一样被一座城市吞噬，也不想步入我父母那样一眼看不到尽头的人生，住在狭小的房子里每天为了鸡毛蒜皮的小事斤斤计较。

“我做了很多对不起你的事情。对不起。”

说出这三个字的时候，夏一一想起薄简晨那天也是这样对她说的，他欠了自己一句对不起。

想想真可笑，他给自己道歉，转而自己又和苏以沫道歉。

“我接受，但我不会选择原谅你。”苏以沫喝了一口奶茶，“我从不觉得把自己的悲哀怪罪到别人头上是一件理所应当的事情。”

“你是怪我诬陷盛意？”

“是。”她答得迅速坚定。

果然，夏一一露出苦涩的笑容：“以前我拼了命地想要模仿你，可直到今天我才发现，无论我怎么努力，你还是你，我也只能是我自己。

“苏以沫，我真的很讨厌你。”

“彼此彼此。”

后来她们聊了很多，那短短几个小时她们甚至像是关系不错的朋友一样，扯一些有营养没营养的话题，将所有的话语留在了那家奶茶店里。

薄简晨迟早会离开这里去往更广阔的天地。

夏一一明白他不会满足于当下的成绩，而卑怯的自己顺着那道光亮，竟然渐渐感受到了舞台的魅力。当你在意的人完美落幕消失在你的面前，可他却把光照向了自己。

从不相信“知识改变命运”这句话，但折腾了一大圈，为了那道照在身上的浅浅光亮，她得逼着自己，要坚定不移地朝前走。

05

假期总是短暂且美好的，一晃眼就到了市一中即将补课的日子。通常开学前三天的时间，就是各班学生 QQ 在线最活跃的时间段。

具体表现为——收集各科作业的标准答案。

苏以沫是他们的标杆，兢兢业业地把暑期作业在一个星期内做完的大神，在年级第二的光辉加持下，她的答案基本上是理 2 班抄作业的典范。

她又好说话，基本上谁找她要她都给。

“吃饭睡觉打周颜”群里，“薄情少年与海”专门艾特了苏以沫，给她刷了 100 条玫瑰花的表情包，感谢她此次救命之恩，大恩大德以后再报，一通操作行云流水，夸得苏以沫都不太好意思了。

工地少年与砖：抄个作业，废话那么多。

沈清乖：表示下感谢，废话也那么多。

赶完作业后完全没有求生欲的"薄情少年与砖"跟了句："咋的，嫉妒啊？有本事顺着网线跑过来打我啊，你们一个个的，就算我现在骂你们，你们也不能把我给怎么样。"

语气极其嚣张。

工地少年与砖：哦，这样啊。

几秒钟后，苏以沫看到系统提示，周颜已被群主踢出群聊。

苏以沫于是单独私聊盛意："你作业写完了？"

盛意回了个点头的表情。

她有些惊讶，盛意这家伙属于平日里不逼一下绝对不会是主动做题的人，这次怎么就这么乖乖地写作业了？

但她也没多问。

直到开学那天，大清早的一个班一半学生都在加班加点地完善最后一点暑期作业，单亦行前一天熬夜补全了，当下十分有闲心地掏出一份单子神秘地递给苏以沫。

他不知从哪里弄来了学校门口书店新到的辅导书目录。

上面是《龙门专题》《五年高考三年模拟（精华版）》《考点同步解读》《高考必刷卷》等等一系列火得跟周杰伦新专辑似的参考书。

苏以沫看得挺认真，顺带默默圈了几个比较适合盛意用的书名。

"五三"和"考点"，苏以沫是打死也不打算推荐给盛意的。

一是因为本身题型难度较大，给的解答过程也不够详细；二是因为这两本书每一页最下面都有一段知识拓展外加一句心灵鸡汤，每次盛意捧着这两本书，一个多小时的时间一个字都没动，眼睛忍不住就往下瞟那些"小故事"。

苏以沫偶尔偏头检查一眼，他和追剧似的，已经津津有味地看到最后一页了。

“你说说，辅导书就辅导书，整得这么花里胡哨的，害得我看完了才发现我翻这书是为了做题的。”

盛意理直气壮地把责任全推给没有感情的辅导书上面。

苏以沫叹气，想短时间内尽快提高理综成绩，最好攻破的题型就是选择题。正所谓得数学者打天下，得选择题者得天下。第一轮总复习主要讲究精细，要回归到课本本身，并不用过多地注重刷题找题感。

虽不求多，但这题目还是要刷的，苏以沫在《高考必刷题》和《龙门专题》之间来回纠结，最后把选择的权利极其民主地交给盛意自己决定。

“选一个，你看看你更喜欢哪一个？”

盛意最后一口早餐差点噎死自己，嘴角抽搐道：“您够狠啊，简直就是杀人前良心未泯，把毒酒和绳子甩我面前让我选一种。”

“别闹，快选一个。”

“有没有更加直接的死法？”

“没有。”

单亦行咳嗽了声，打断他们：“那个，沫沫，拜托你个事儿。”

“你天天沫沫个头，你是金鱼吗？她姓苏，你记不住啊。”盛意对单亦行的态度自从那句称呼出来后就从未好转过。

单亦行不睬他，就一脸谄媚地盯着苏以沫：“你是不是和年级第一的薄简晨很熟啊，能不能帮我借一下他的化学笔记？就看一天，我保证，看完就原封不动地归还他。”

苏以沫有些抱歉：“对不起啊，我最近和他……有一些小误会。要不，你看我的？”

单亦行眼底有些失望，早就听说这冰碴子学霸的化学笔记堪比高考复习模范复习材料，内容详细得极其变态。

“唉，真可惜，听说他的物理竞赛考得不错，估计能拿到保送的名额。好狠一男人，你说这人和人的差距怎么比人和猪的差距都大。”

苏以沫只是笑了笑。

单亦行叹了口气，转身对盛意说：“没准十年过后，咱们还得抢着抱薄学霸的大腿呢，你说我们要不要趁着他还没有飞黄腾达，先去占个位？”

盛意：“……”

苏以沫咳嗽一声：“那个，我去下洗手间。”

单亦行起身，给苏以沫让完路又坐回去，很没眼力见地追问：“盛哥，你说呢？”

盛意一言不发，低眸刷着题。

单亦行眨了眨眼。

“盛哥？”

“盛大少爷？”

“盛意小哥哥？”

盛意一顿，忍无可忍地丢笔，猛地拿拳头砸向身边的玻璃，伴随嘭的一声巨响，那块玻璃竟由中间向四周裂开了细微的缝隙。

全班瞬间安静。

周颜在后面吸泡面，被这声音吓得差点呛到鼻子里：“盛意你有病啊。”

盛意抬眼，面无表情地盯着单亦行：“还有事吗？”

单亦行：“……”

“没有了，盛哥您忙，打扰了。”

06

老许盯着那块被拳头砸出裂痕的玻璃，又看了眼盛意，一脸迷茫。

“你吃饱了没事干，还是这玻璃招惹你了，砸它干吗？”

盛意嘟囔一句：“谁知道这玻璃质量这么差，一碰就碎了。”

“你还好意思说，现在跟我来趟办公室！”

办公室没人，老许丢给他一本暑假作业。

“几个意思？”盛意讪笑着，打开随意翻了翻，“讲道理啊老许，这次作业我可都做完了。”

老许抿了口刚泡的茶，不紧不慢地说：“翻到第 36 页。”

盛意那笑容僵在嘴角。

他慢慢翻到第 36 页，老许这才不屑地呵了声，手一指那页数：“你这暑假作业是出印刷厂的时候难产了吗，36 页之后怎么直接跟着 40 页了？”

不仅如此，每隔十页就会少那么几张纸，整本作业相比较其他人的薄了好几毫米。

盛意疯了：“不是，你怎么看出来的？”

“你那点小聪明要是都用在学习上，麻省理工都会朝你招招手。”老许将那作业甩给他，“教书这么多年，我什么学生没见过？”说完又叹息一声。

“上辈子杀猪，这辈子教书，我看见你们就仿佛看到了当初那群嗷嗷待哺的小猪崽子。”

他感叹完抬头，看着盛意还傻傻杵在面前，发火道：“还站这儿碍我眼？走，去操场跑十圈加五千字检讨弄完了给我！”

第八章

chapter 08

当把元素放在元素周期表中，它也像我们一样，『人在江湖，身不由己』。

——《高考必刷题》

01

虽说高三日子苦，但盛意还是找到了舒缓压力的方法。

课程表上安排的三小时晚自习在进入高三之后变成了一天一门的节奏，从周一到周六正好轮了一圈。

在每个周五晚自习前，他都雷打不动地跑去办公室。

老许不在，很好。

今晚化学，完美。

然后他就在那个耳根子软的化学老师面前不慌不忙地坐下，扯了一大堆有的没的，最后才引到正题。

“要不要考虑晚自习放部励志的电影，安慰一下我们这些做题做得快要傻了的可怜学生。”

如果答案是否定的，他就继续扯家常。

如果答案是肯定的，他就一把抱起化学老师的电脑撒欢般冲回教室打开投影仪。

甚至于和原本老死不相往来的理科实验班冰释前嫌的原因，就是为了共享电影资源。

结果理科实验班“胡作非为”的第一天就被路过的邢胜利抓包，然后十分自然地供出了隔壁顶风作案的理科 2 班。

理科 2 班打死不承认。

“所以说，就不该共享资源的，风险太大。”实验班看电影的计划泡汤，他们班的电影也被老许扼杀在摇篮之中，苏以沫安慰着盛意，“没得看就不看了，也该收心收心。”

盛意气得咬牙切齿：“他们不是学霸吗，脑子那么聪明装的都是糨糊？偷看电影还把门窗大开，音效放得贼大，我是真的服气。”

02

最近网上疯传 2012 年是世界末日。

“末日说”的潮流迅速席卷了全班。晚自习课间，有女生忧心忡忡地转过头问苏以沫：“你看那部《2012》的电影了吗？”

“没，最近作业太多了，准备周末的时候抽时间去看。”

“你说到了 2012 年，有一天我们会不会真的写着题目就莫名其妙死了啊？”

苏以沫还没说话，周颜就把头凑过来：“死了多好，死了不用高考了，大家一起投胎重新做人。”

那女生知道周颜的性子，笑骂了一句就闹起来。

盛意难得没跟着一起贫嘴，他攥着笔，苦苦挣扎在数学题上——苏以沫特意给他画的重点。

“盛意，你进步好大，今天居然全做对了。”

苏以沫没故意捧他，盛意果然如老师说的一样脑子灵光，这几次的随堂测验也都取得了不错的成绩。

照这个进度下去，盛意保底也能上个二本大学。

盛意扬手对她说了句“低调”，而后突然像是想到了什么，双手撑着桌子身子微微向前。

“嘿，小姑娘，我进步这么大，你不再给我一点奖励吗？”

他靠得太近，感受到那若有似无的温热呼吸，苏以沫唰地将那本子横在两人面前。

“学习是自己的事情，哪里有要奖励的。”苏以沫硬着头皮回答。

盛意“嘁”了一句坐回去。

见他坐好，苏以沫这才放下本子，拿起桌子上的牛奶喝了一大口。

她白皙的脸庞透着一股子粉红，双眼亮亮的，像是蒙上一层水汽。

尤其是那嘴，像是沁水的樱桃，残留着一丝奶渍。

盛意下意识地舔了舔嘴唇。

一瞬间，那微微下垂的眼眸莫名陷入黑暗，伴随着桌角撞击的剧烈声响，整个教室如炸开了锅一般。

“我作业写得好好的谁关的灯？”

“什么情况，断电了？”

……

周颜这厮唯恐天下不乱，借着手机微弱的灯直接站在桌子上朝着底下大吼一声：“同志们，世界末日来了！”

苏以沫胆子小，一紧张喊了声：“盛意！”

“嗯，我在。”

话音刚落，一只手拉住苏以沫，三秒钟之后又快速移开。

随即灯亮了。

果然是停电而已，学校立马开了备用电源。

“没劲。”周颜怏怏地跳下来。

苏以沫呆呆地看着盛意，几抹星光在他眼中漾开。

“小姑娘，为了庆祝我们都活了下来……”他剥开一颗糖直接塞到苏以沫那微张的嘴里，“请你吃颗糖。不过不是水果味，你凑合着吃。”

尾音上扬，无不得意。

牛奶味的。

苏以沫只觉得旁边有一堆人点燃了烟花，就在她那耳畔，噼里啪啦地乱炸一通。

她猛地从位置上站起身，将玩《黄金矿工》的周颜吓得抓了一枚炸药直接炸翻一片。

“咋了又咋了，这一惊一乍的。”周颜拍了拍胸脯，“末日提前了？”

“我我……我去一下厕所。”她低头嘟囔一句跑了。

看那慌忙的背影，盛意眼睛眯成一条缝。

“交代你的事怎么样了？”这话是对周颜说的。

周颜给了他一个肯定的眼神：“我做事，你放心。”

“沈清乖那边呢？”

“完全 OK。”

“不错啊，她怎么说服广播站的？”

“挺简单，拿你高清无码的照片换的，买五送一，超级划算。”

“……”

苏以沫一口气跑到了走廊的角落。

黑夜混沌成一片，空气里弥漫着浅浅花香。

苏以沫转身，视线正好和盛意撞上。

他微微笑着，笑得眉眼弯弯，连带着眼尾那一颗泪痣都漂亮极了。

“你怎么也出来了？”苏以沫问。

“和你一样学累了，出来放风。”盛意伸了个懒腰，顺势靠在墙边。他穿校服总是不规矩，爱将领口敞开，露出大片精致锁骨。

“是吗？我记得某人今晚就写了半张物理试卷。”

盛意一顿，没好气道：“您的观察力可真棒。”

苏以沫闭眼，晚风吹拂到脸上，倒是十分舒适：“感谢盛大少爷夸奖。”

“你最近和夏一一关系不错啊。”

她依旧闭着眼：“还行。”

不算好也不算坏，比如问题目夏一一会大大方方来问自己，而自己也不会有所保留，再比如，在教室外碰到时也会微笑点头。

苏以沫问他：“你讨厌夏一一？”

苏以沫没有告诉盛意“作弊风波”来自夏一一的手笔，但他既然能查到图书馆的监控，稍微想一想，也能猜到是谁要害他。

盛意摇头：“谈不上讨厌。”

苏以沫想了想，说：“我昨天看到她爸爸来接她了，那个男人算不得年轻，踩着一辆很破的小三轮车。等在离学校很远的地方，夏一一去找他时，一直垂着脑袋，生怕别人看见了。”

“她家庭条件不好，老许其实帮她申请过助学金，但填好的表是由薄筒晨汇总的，她估计……不想让他看到自己的窘迫。”盛意抓了抓后脑勺，“你们女生有时候，真的挺多愁善感的。”

苏以沫难得露出狡黠的笑容："你们男生不懂，想在重要的人面前展现最好的一面，这才是女生。"

昨日，苏以沫躲在人群后看见夏一一时，想到了自己小时候。

她理解自己的家庭情况，却也同时羡慕着别的孩子有数不清的玩具，放学能一头栽进舒适的大轿车里，还能在同学面前骄傲地分享进口零食。

因为顾虑太多，所以会比其他人考虑更多，也是因为顾虑太多，所以会犯错。

"苏以沫，你以后会变成一个特别优秀的人。"盛意美滋滋地补充，"一个特别优秀的……二十一世纪女性典范。"

"我怀疑你在做梦。"她毫不客气地说。

"你这人真没情趣。我经常做梦，而且一直相信着，梦这种东西，做多了就成真了。"

盛意抬头望向黑夜，似是不经意提起："话说，今天是周五。"

苏以沫敷衍地点头。

"嗯，明天周六，上午补课下午放假，可以有半天的时间补眠。"

"……"

"我的学霸同桌，我刚刚绕了这么一大圈和你扯西扯东，可不是为了庆祝休息日的。"盛意叹气，颇有些无奈地重复一遍，"今天是周五，我带你去个地方呗。"

苏以沫一脸警惕地看着他。

"用不了多少时间，我保证，老许发现不了。"

瞅着对方依旧沉默的小脸，盛意轻轻勾起她的手指。

"求你？"

他揍人时一副爱谁谁要上一起上的痞样，自打出生就没求过人，此时语气里却掺着一丝撒娇，柔得能滴水。

要去的地方确实不远，就在隔壁天台。

那上面堆着一堆漆皮斑驳的铁架子，盛意从那里面翻了翻，抱出一大个烟花筒来。

苏以沫看呆了："你从哪里弄来的？"

"厉害吧，我告诉你这个点了可漂亮了。"他得意扬扬地将它踢到中间，掏出火机点燃，"小姑娘，千万别眨眼……"

盛意拉着苏以沫退后，伴随着不大的响声，暖金色的星火从那烟花筒中迸发出来散成花状，噼里啪啦在漆黑的夜色中绽放又坠落，像簇簇耀眼的灯盏，飘散着金色粉末。

"我告诉你，卖这个的人说了，这玩意儿最高能直冲云霄……"

那几簇星火非常争气，刚往天上蹿了半截，就和没油了一样笔直地往下掉。

盛意脸色一变，怕被火苗殃及，立马拉着苏以沫跑到远处的屋檐底下。

他看着面前和疯了一样的烟火星子，心里把周颜骂了几十遍，这蠢货到底是从哪个无良商家那儿买的假冒伪劣产品。

"那什么，有点失误，但是不影响整体效果。"场面一度有些尴尬，盛意措了半天辞，冒出一句，"其实在地上蹦跶的烟火，也挺不赖的。"

"真的不赖。"苏以沫嘴角上扬，脸上是掩不住的欣喜之意，她十分捧场，"以前过年最让我开心的事情，就是可以放烟花，拿着'仙女棒'和一群小孩子绕着玩。"

平时她斯斯文文不爱说话，深沉得像个忧郁的小大人似的，这还是苏以沫头次如此明显地由内而外表现出来喜悦之情。

盛意啧了声："你们女孩子就是乖，我都是直接揣两口袋摔炮坐在老家村头，来一个人要一次零嘴，要不到就追着那人砸摔炮。"

"没人向你爸妈告状吗？"

盛意不以为然："当然有啊，我爸不管我，但他爱告诉我妈。我妈一听那还得了，抄起扫把就把我给一顿胖揍。我爸就跟贾宝玉似的，坐板凳上冷眼看着我被我妈打。"

"你太皮了。"

"哥那不是皮，是活泼，是讨人喜欢。"盛意纠正她的用词，"从小到大，喜欢我的人多了去了。我这稳妥妥的社会主义接班人，谁不喜欢我啊。"

苏以沫笑。

"谢谢你，盛意，真的谢谢你。"

"行了，谢什么谢，咱俩谁跟谁。"他低头看她，"你不记得今天是什么日子了吗？"

"记得。"苏以沫垂眸，"10086 提醒我了。"

盛意揉了两下她的头顶："那不怪你。"

苏以沫只是淡淡地笑。

"那什么。"

她仰头看他。

"听说在放烟花时许愿会很灵，要不咱许一个？"他双手合在一起，开始一本正经地胡说八道。

她是真的信他，傻乎乎地点头，特认真地双手合十。

盛意没忍住，撇头笑了半天。

"别笑。"见他贱兮兮的样儿，苏以沫没好气地问他，"你许的什么愿啊？”

他立马不笑了，若有所思地瞥她一眼：“想知道？”

她点点头。

“真想知道？”

苏以沫嗯了一声。

盛意面对苏以沫时，他身上原本带着的暴躁的因子刹那间消失殆尽，认真说话的时候习惯放慢语速，咬文嚼字会让你不自觉地觉得无比真诚。

“我希望世界和平，而我梦想成真。”

苏以沫憋笑：“别瞎扯。”

盛意瞪了她一眼：“所以我才觉得你这人没情趣，我字字真心。”

此刻，学校的广播里传来嘶嘶的声响，沈清乖故作播音腔的不正宗普通话回荡在校园的每一处。

“接下来这首歌，是某个爱做好事不留名的绝世大帅哥送给一个女孩的，祝她生日快乐。”

旋律响起，是苏以沫最喜欢的那首《世说心语》的后半段。

有那么一天

时间停止了

才发现原来心自由才能快乐

这种感觉我记得

“还没问，你怎么知道今天是我生日？”苏以沫记得，除了薄简晨，她谁也没告诉。

“我掐指一算。”

“你还皮！”

“啧，好啦，是瞅了眼老许那儿的学生登记表。”

盛意咳嗽一声：“恭喜你，与地球一起完成了 18 次公转。”他一口气说完，“生日快乐，苏以沫。”

她语气里带着一丝压抑的笑意：“你从哪里背来的祝福词？”

“网上。”盛意笑嘻嘻，“你盛哥的祝福，收到了吗？”

“嗯，收到了。”

最特别的礼物。

一直记得，书桌前渐渐摞高的复习资料，记得校门口书店前又大又显眼的“密卷”海报，记得卖烧饼的老爷爷和蔼又可亲的面容。

还记得你，记得在地上乱窜的烟花。

“好啦，等这假冒伪劣产品发完神经，我们回去自习吧，否则今晚得熬夜了。”盛意打了个哈欠。

苏以沫刚点头，身后就传来嘭的一声。

铁门被值班老师打开，手电筒晃了晃，看着他们二人和残余的烟花筒，气急败坏地冲着他们嚷嚷：“欸，你们！哪个班的？”

03

翌日上午，老许无比迅速地将两人调了位置。

一个在第一排，一个在最后一排，中间隔了十万八千里。

这两人，昨晚不好好上晚自习跑去楼顶放烟花，还被巡逻的保安给当场逮住。

老许头大，这叫什么事。

本想让苏以沫带动一下盛意，现在好不容易带动了一点，这死小子反而带着人家撒欢去了。

批评了将近一节课，老许本来想喊盛意的妈妈过来聊聊，但转念一想，她要是知道，估计浑身是戏，屁颠屁颠过来和盛意探讨那种可以在地上乱窜的神奇烟花。

他算是看清了，盛意有今天这样的皮劲儿，半数都是遗传她的。

“行了行了，现在考试迫在眉睫，你们自己掂量掂量。”他摆手让两人赶紧走，后来像是想到了什么，又喊住苏以沫。

“你爸让我告诉你一声，他中午来接你放学，在校门口等你。”

苏以沫一怔。

说起来，她爸已经出差半个月了。

放学后，苏以沫果然看见了苏父，他开着辆崭新的车，穿着没来得及换下的整齐西装。

“爸。”

苏父认真地看着许久不见的女儿，笑了：“快，我给你买了你最爱的冰激凌，还冒着冷气！”

像小时候那样，每次想要哄她都用这招——没有什么事情是一支冰激凌解决不了的，如果不行，那就两支。

“昨天是你的生日，爸爸还没有祝你生日快乐。”

苏以沫咬了一口甜丝丝的冰激凌：“但那也是妈的……”

苏爸眼中闪过一丝浅浅的光亮，他拽了下领带，似是感慨似是回忆：“我有没有告诉你，当初遇见你妈时，我也是你这个年纪。”

她爸头一次在苏以沫面前提起前妻，那段在自己心中永远无法磨灭的过去时光。

“我对你妈一见钟情。她生得美，追她的人从村头排到村尾，我有耐心，每天很早起床往她家那边晃一圈。运气好碰见她，就能打闹着一起去学校了。”

毕业后明明有那么多比他优秀得多的，她妈依旧还是选择了她爸。

很长一段时间里，他们忙于繁忙却收入微薄的工作，最幸福的事就是冬日里拖着疲惫不堪的身体归家，买一个门口小贩吆喝的烤红薯。

两个人吃一个小小的烤红薯，温暖而又知足。

后来苏以沫降生，奶粉、衣服、尿不湿，每一项开支都在击垮这个本就拮据的家。

“当你有一天遇见什么过不去的坎儿，没人帮你，只能靠自己死扛过去的时候，你就会发现，你真的啥也解决不了。你就是这世上的一粒尘埃，渺小得几乎可以忽略。”

那种骨子里的自卑，不能给心爱的人提供物质上的享受，这种如影随形的压力让他从那一刻发誓，要赚钱，要赚很多很多的钱。

有钱才有尊严，才有选择的余地。

可当他真的赚了很多很多钱后，应该享受的人却永远离开了这个世界。

“你妈妈走得很安详，甚至嘴角还溢着一丝笑。她知道我能让你过上更好的生活，想我们即使没有她也能好好地过日子。”他说这话时平静极了。时隔八年时光，他已经可以坦然地将过去一点一点地吐露给他的宝贝女儿。

苏以沫想起了当初那个会在半夜偷偷看妈妈照片掉眼泪的爸爸，他是一个好丈夫、好父亲，不善表达，却牵挂着她的妈妈。

“爸爸，我从来没认为你再婚是错的，也从没认为袁阿姨生下弟弟，我就该狠毒地欺负他，真的，你能碰见袁阿姨，我特别高兴。”

那些爱嚼舌根的亲戚总喜欢把话题扯到貌美年轻的袁阿姨身上，顺带也会把她的名字拿出来说一圈。

像是电视剧播的那些尖酸刻薄的伦理关系，狠毒的后妈和可怜的女儿，或是狠毒的后妈和更加狠毒的女儿。

斗得你死我活，昏天黑地。

她爸笑：“我知道。”

说着，他从皮夹里掏出一张卡，“我这些年一直在往这里面存钱，不为别的，就希望着等你长大，无论遇见什么，都可以义无反顾去追求自己喜欢的事物，不会妥协于现实，不会为了生存放弃真正想要的。不论是梦想也好，是人也好。”

“爸爸不知道怎么对你好，尤其是你长大之后，就更不知道了。袁阿姨让我多陪你，可我那工作天天要出差，实在是抽不出时间。”

“不需要陪我。”苏以沫轻轻握住他的手，“对我来说，你们觉得幸福就够了。”

苏以沫朝爸爸眨眨眼：“而且我真的喜欢苏以笙，他好像也特别喜欢我，每次我逗他，都笑得咧嘴。”

“今晚……一起出去吃饭吧，我们一家四口。”苏父笑道。

“好。”

苏以沫爽快地回答。

04

之后几乎整个高三，苏以沫都很少和盛意在学校说话。

那个时候，她突然就理解了薄简晨突然在学校疏远她的意图。

但是每次做完作业、考完试，她都会将答案工整写好偷偷给他。盛意破天荒没嚷嚷，安安静静，上课也不睡觉了，放了盒清凉油在桌边，认真得连周颜都忍不住开始好好听讲。

有些事不需要过多解释，把那份心意掩盖在繁杂的课本试卷中，对彼此而言已是最好的选择。

后来，理2班所有的学生都自觉地开始投入学习的热潮之中。

毕竟未来短短几个月，还有十二次要命的联考等着他们。

这段日子却依旧发生了两件不大不小的事情。

一是薄简晨和陶子苒双双保送，顺利进入国内最好的文理两所高校。学校领导特高兴自豪，在周一升旗仪式上搞了个颁奖，全校师生都一脸羡慕地看着这两个样貌智商双双在线的颜值学霸。

薄简晨和陶子苒平日交涉不多，在台上相对而立时，从开始到结束都没偏头说过一句话，除了中途在校长的示意下相互敷衍地握了个手，不到两秒的工夫就收了回去。

颁奖一结束，两人跟逃难一样飞快地从左右下台，彻底分道扬镳。

“这两人太搞笑了，跟仇人似的。”单亦行咯咯直笑。

周颜却暗自洞察一切。

两人当然不对盘。

谁大清早碰到自己情敌的爱慕者心情能好的？

二是沈清乖终于说服她爸，正式成为一名艺术生学习音乐。

高三仅剩十五天的寒假，三人特意空了半天，把沈清乖送去集训的大巴车前，她爸还是宠着她，吵了那么多年，还是妥协于梦想的伟大。

她爸说了，以后要是有一天饿死了，别想着回家讨饭。

沈清乖嘿嘿地笑，一把将爸爸抱住："我保证，以后买一套超大的房子，你和妈随便住。"

除了日常上文化课，到校考省考的日子她就得背着吉他全国各地到处奔波，她和周颜说："好好学习，我缺了这么多的课，回来的时候得找你给我补习的啊。你要是不会，我就一巴掌拍死你。"

沈清乖这话分量十足，周颜突然觉得肩上的压力重了好多，于是答应得十分爽快，丝毫没有想起两人一个学文一个学理如何做到交流学习。

他真正觉得自己该好好读书的时候，是那天夏一一抱着试卷，极其冷淡地塞给他一张纸。周颜没缓过神，莫名其妙打开来看是一张周测的物理试卷，新鲜得很。

他看着那个大大的 18 分忍不住为这位同学的未来担忧，再往旁边姓名那一栏一瞅。

得，这七扭八歪的"周颜"两个字简直火辣辣打他的脸。

然后，他就花了半个晚上琢磨该怎么办。

想到最后，他决定去走盛意走过的不归路。

"盛哥，借用一下你的笔记本，我上课没怎么听，想把落下的功课给补齐了。"

他刻意将声音压低，连嘴角都扬起自认为亲切的灿烂笑意。

盛意莫名其妙："你要我的笔记？"

太阳打西边冒出头了，周颜居然找他要笔记，下一句不会是要改头换面重新做人吧。

周颜十分认真地点头："我要改头换面重新做人。"

盛意："……"

"人间有真情，人间有真爱，只要盛哥在，世界充满爱。跟着盛哥走，吃穿不用愁。"

周颜嘴里嚷嚷着这自创的"彩虹屁"，死皮赖脸地求着盛意教他做题。

而后的画风通常是这样的，几人除去除夕时吃了一顿饭，其他时间几乎都泡在了过年照常营业的奶茶店里做题。

一道题盛意先讲几遍，讲得周颜似懂非懂就扔给苏以沫，苏以沫举一反三，推导加验证，周颜才勉强弄懂。一张试卷满江红，累得周颜那段日子连手机都懒得掏出来玩了。

"我愿用我十斤肥肉，换我高考提高一分。"周颜挣扎在题海之中，满脑子都是这么一句话。

苏以沫带着他们去学校门口的书店买练习册，新到的《黑白卷》和各种高考密卷花花绿绿堆成了一座小山。

封面越来越好看，题目越来越多，试卷越来越厚。

周颜的脸唰地白了，转身就想跑。

盛意一手把他拽住，阴森森地冲他笑："兄弟，人终有一死，而有些人，则需要一点小小的帮助。说着，把一堆辅导书塞到他手里。

"滚去付钱，正式进入拯救学习脑残计划。"

开学之后生活照常，苏以沫检查盛意卷子的时候，委婉地表示他可以考虑抽时间去练练字什么的。

如若监考老师打开这份试卷看到这字，估计第一反应就是自我怀疑是不是欠了做试卷这人八百多万的债务没还。

高考试卷千千万万，理综还好，答案都是统一的，但语文和英语作文改一题的时间不会超过十秒，卷面的整洁程度会直接影响阅卷老师的给分。

盛意表示明白，干脆拿了《星火英语》的单词表照着一笔一画地默写。周颜凑过去看他一本都快写完了，伸手给了他一个大拇指："真的，盛哥厉害，你这速度都快赶上苏以沫了。"

盛意叹气："你做梦呢，她高一时就把这3000个单词背完了。"

"那她现在在背啥？"

"《现代英汉词典重订版》。"

"……"

"得，当我没问。"

虽说投身于学习事业不能自拔，偶尔还是要放松放松。

反正盛意是这么想的。

午间休息，他从袖子里掏出藏了好久的手机坐到周颜的位置，两人摩拳擦掌，神情激动地看着昨晚欧冠联赛的录播。

AC米兰遭遇上届冠军巴塞罗那，皇马再遇老冤家里昂。

其实他俩真正关心的是曼联对巴萨那场。

用盛意的话来说，曼联这一路运气爆炸，没准到最后再加把劲就赢了。

嗯，他喜欢C罗，看球自带滤镜。

他们就这两支队伍聊得热火朝天，完全没有在意周围的环境，冷不丁从后方幽幽传来一声剧透："别看了，巴萨赢了。"

盛意怄得转身就想把手机砸上去。

然后他们看见老许那张写满慈祥温柔的脸。

“累了就睡觉，别玩手机，对眼睛不好。”

“……”

老许也没多说什么，抛下这句就握着茶杯慢悠悠地走了。

“盛意，是我瞎了吗？老许最近好像变温柔了。”

事实上，高三下学期的步子一迈，老许对理2班全体同学的态度有了一个180度大转变。

以前他是以嘴毒出名，羞死你的毒鸡汤随手拈来。

比如：

上帝不会亏待努力的人，一般情况下都往死里整。

高考有什么怕的，反正你们这个年纪两袖空空啥也没有，本来就一无所有。

第一天考砸了别伤心，你会发现，第二天更砸，哈哈哈。

而现在，他不骂人也不在上课抓拍你的丑照，战略改成以鼓励为主，你说什么他都是一脸莫名慈爱的神秘表情。

好吓人，吓得人瘆得慌。

05

日子一天天过去，期间沈清乖短暂地回来了几天，有次和苏以沫约着去书店买书时，得知周颜近来学习的劲头特高涨。

她欣慰地点头，宛如自家只会哇哇叫的孩子终于懂得了喊妈妈一样高兴。

于是破天荒地，她想偷偷给他点奖励，在回学校的仅仅七天的时间里，每天早上雷打不动地带一塑料袋的早餐塞在周颜桌洞里。

最后一天离开前，她跑到苏以沫位置上假装和苏以沫说话，事实上双眼一直往周颜位置上瞟，后者从外面睡眼蒙眬地进来，低头正好看见那油腻腻的塑料袋。

他沉默了好久，而后将那袋子十分嫌弃地拿出来破口大骂："爷爷是得罪了哪路好汉，连续七天把吃剩下的早餐甩我抽屉里，咋的啊，当我这里是可回收垃圾桶？"

沈清乖怄得当场想打人，被苏以沫好不容易劝住，起身就气呼呼地走回自己班上。

按照学校里的安排，为了能让学生坦然迎接高考的降临，特意把一月一考改成了半月双考，一次两天，学校报告厅里那亮堂的大灯就从来没有熄灭过。

每门课的第一轮复习进入收尾阶段，接连不断的考试让所有老师的上课都变成了不停讲解一堆看起来永远也讲不完的试卷。

"同学们，注意了，接下来这道题，是一道送命题。"

"……"

"噢，说错了，我再来一次。

"同学们，注意了，接下来这道题，是一道送分题。

"不睡觉也得给我做对。"

"记住了吗？"

"记住了。"底下的同学回答。

"没吃饭啊！大声点！"

"记住了！"

除此之外，老师们偶尔会兴奋地冲进教室，神神秘秘地拿着一张据说是谁谁出的水平特高的仿真卷，一把拍给单亦行让他赶紧去复印个几十份，今晚写了，明晚讲了，高考就稳了。

“写完这些，我也该死了。”

周末，三人待在学校旁的咖啡馆里，他们的学长老板找了个小包间让他们安安静静地写题。

周颜写着写着就趴下了，他看着手里一大摞没开封的试卷：“你们说这些要都是钱，我岂不是发了？”

“你写卷子写出幻觉来了？”盛意头也不抬地说。

那时还没有微信，手机支付也仅仅只限于充值 QQ 会员与黄钻，点开动态来看那小半年的 QQ 空间，在“不点开不是人”的字眼里疯狂转载一堆鸡汤文学。

老许开始每天晚上叫学生去办公室，一人一张凳子坐下聊聊人生理想。

叫到苏以沫，他盯着她许久，张嘴小心询问一句：“年级第一，有信心吗？”

她自然是点头。

她应该感谢薄简晨，感谢他过去一直紧紧盯着她那曾飘忽不定的成绩，在刷题加讲解加提高效率的基础上直接推到了与他并肩的水平。

即便很久不再联系。

叫到盛意，盛意吊儿郎当地走进来，老许嫌弃地瞧了他一眼：“二本？”

“看不起人呢，上次月考我进一本线了好不好？”

“就你那鬼画符的字，阅卷老师瞎了眼了。”

“你不怕我被你气得跳楼吗？”

“你这没心没肺的要是跳楼，我就把数学书吃了。”

“……”

沈清乖带着各大名校的合格证强势回归，这也就意味着，他们离高考最后期限愈来愈近。

大约是同样受到QQ空间里鸡汤的残害，高负荷学习之余，老许也开始利用仅剩不多的班会时间来说一些课本试卷外的题外话。

统称“集体洗脑”。

“说句心里话，现在坐这里听我讲话的你们，绝大多数都是工薪阶层里出来的孩子，活了短短的十七八年，没出过远门，也没和什么心思不良的人打过交道。说得不好听，就是一只青蛙，一边呱呱地叫，一边在那小井底傻不啦唧地蹦来蹦去。你以为世界的天就那么一点点大，不理解外面的海有多深，也不理解外面的景有多美。

“你说高考是为了什么，我讲世俗一点，就是为了找个好工作赚钱养活你们自己乃至以后的家庭；说得高尚一点，就是为了未来某一天你们能够以最小的代价，毫不犹豫地选择自己想走的道路时，没有一丝的犹豫。

“我总看你们发一些傻子编的傻段子，什么高考那年，我考了200分，而我妈朋友的儿子考了600分，过个几年后他妈跟我妈炫耀他儿子去应聘一个月薪过万的职位，而我却在想该不该录用他。”

底下有人笑出声。

“是挺好笑的。”老许喝了口茶，“写出这话的人八成有病，听我一句劝，段子是段子，现实是现实。在现实中考600分的孩子未来绝对会比考200分的孩子要过得好得多，这个世界是不公平的。”

他将全班同学看了一遍，停留在夏一一身上的时候，带着一丝考究。

“但是相对而言，高考是现阶段最公平的。不过说实话，你们考得好不好关我什么事，你们以后过上怎样的生活关我什么事，你们喜不喜欢我关我什么事。

“我无所谓。

“该做的我都做了，该说的我也说了，我许蒋胡问心无愧。”

一百天倒计时开始前，学校特意在高三教学楼下摆了个牌子，上面粘了一百页的数字。

每过一天，撕下一张。

等到归零那天，这里就是他们最后的战场。

因为压力，苏以沫常常做题做到一半，总以为现在所经历的只是一场梦。

深夜，她从桌前抬起头，台灯还亮着，身旁多了一杯热牛奶，试卷上密密麻麻的计算题正冲她张牙舞爪。

小时候盼望着长大，长大后又希望回到小时候。

她起身绕到窗前，仰头深呼吸一大口。

手机传来短信，盛意的。

“我猜你还没睡。”

苏以沫不自觉地勾了勾唇。

她打字：“我猜你有道题不会解，拍个照片发过来吧。”

“谢谢，我们可爱又迷人的苏学霸（后面附加题目）。”

苏以沫解了十来分钟，拍照发送过去：“没有题了？”

“还有——”

手机停顿几秒，发出微振。

“早点睡，别熬夜。”

高考前三天放假，高一高二的学生发现高三的学长学姐疯了。

站在一楼往上瞅，大片大片雪白的试卷碎片从天而降，所有人围在走廊嘶吼着尖叫着庆祝最后一天在这里奋斗的狂欢。

那壮观场景刺激得底下的人也跟着愉快地撕书，撕完发现自己才高二，又大叫着去把那一堆碎片抱起来试图拼凑。

周颜撕完开心得像个 200 斤的胖子，随便揽着一个不认识的同学感慨：“总算是结束这苦日子了。”

旁边那人过了好久才幽幽回一句：“去年我也是这么想的。”

“……”

不太吉利。

一片寂静后，周颜推开对方大叫着跑了。

“小姑娘……我以为高考前我会紧张得发疯，但其实并没有，真的一脚踏进高考的大门里，眼中就只剩下激动和兴奋。”

盛意也凑着热闹，看着碧蓝的天空：“苏以沫，我觉得我思想出问题了，有那么一刹那我居然觉得，无论我变成什么模样，我都相信自己前途无量。”

拥挤的人群，几个月来两人难得说上一次话，伴随着终止符的音调缓缓降临，那些或开心或难过的过去也终于变成了飞扬的尘土。

“我们永远是最好的，我们一定是最好的。”

“你也是最好的，我一直相信你。”

盛意咧嘴笑：“你听说过时间胶囊吗？”

苏以沫点头。

“我昨天在里面放了一个秘密，藏在学校的一个角落。如果过了很久以后你还在我身边的话，我们就去把它挖出来吧。”

苏一沫抓了个重点，笑道：“你也有秘密？”

“讲点道理，我一个十几岁的少年怎么就没秘密了，保证让你看了不后悔。”

邢胜利从教导处跑来，看到漫天散落的碎片和一群欢呼雀跃的高三“疯子”，气得差点当场心脏病突发，指着那群迅速跑回教室逃命的人说：“赶快给我一个班派几人下来扫地，像什么话！”

据某个不愿透露姓名的学生说，老邢其实早就知道，但他就是挨到高三的撕完书发泄完了，才慢慢跳出来把他们给臭骂一顿。

这么看来，他倒不是那么不讲情面。

06

高考像是一瞬间，盛意从叮嘱苏以沫要吃早饭要随身携带糖果，说到带透明文件夹、2B 铅笔和 0.5 黑色水笔。他们这四人中就数省考校考都拿了很棒名次的沈清乖最轻松，毕竟是文科班的苗子，只要她不是铁了心交白卷，基本上就是“稳妥”两字刻在脑门上。

周颜最慌，在网上打印下来等一众大神的画像，拉着非常不情愿的三人连续拜了一个星期。

魔怔之后，他甚至将毒爪伸向了盛相濡。

“盛意，商量个事。

"你家那小猫，咱们暂时让它改个名，叫过儿，考前让我摸一把，你看如何？"

"……"

"做你个春秋大梦，你以为你是小龙女？"

早上出门前，苏爸和袁阿姨特郑重地给苏以沫准备了一根油条和两个鸡蛋。

苏以沫反而淡定，捏了捏苏以笙胖乎乎的小脸，和兴奋的盛相濡说再见，笑着谢绝了苏爸接送的请求。

考场门口他们的老师穿着喜庆的小马甲站成两排，管他是不是自己的学生，逢人就加油打气一番。

"祖国的花朵，社会的未来，国家的希望，我突然觉得自己顿时高大起来。"盛意扬扬得意，他看上去一点都不紧张，跟去出席剪彩活动似的。

他不知是走了什么运，分到的考场是自己班，座位是自己原来的座位。

主场作战，必然旗开得胜。

老许考前叮嘱他们，进去了就千万别喝水。

万一喝多了水考到一半想上厕所又去不成，岂不是影响成绩。

他说这话的时候盛意在神游，不然当下也不会当着他的面，十分坦然地扭开矿泉水咕咚咕咚灌了半瓶。

老许一脸震惊地看着盛意，他们隔得远，讲话听不清，只能对着他手舞足蹈，指了指矿泉水，又指了指盛意。

盛意阅读理解满分，他想了想，觉得老许是在给他加油打气，然后将那瓶矿泉水举起来，对着老许点点头，做了一个干杯的动作。

我干了，你随意。

然后他十分豪气地喝完了。

那一刻老许的表情，仿佛是看见了面前法西斯杀人抢掠的惨状。

四门考试科目，两天时间。

千军万马，兵荒马乱，成王败寇。

出考场的那一刻，苏以沫在教室门口看见了等她的盛意。

盛意吹了声口哨："啊，我们的状元终于出考场了。"

"说什么胡话。"

"我字字发自肺腑。"

苏以沫突然想起在书上看到的一句话：写过的题目很难，想去的地方很远，喜欢的人很优秀，慢慢就会明白，当你走完人生前端流水线一般的道路，你的人生，才刚刚开始。

但"流水线"结束了。

一切都已经尘埃落定。

第九章

chapter 09

苏以沫小朋友，恭喜毕业

01

盛意发现了一个雷打不动的理论，对于他们这些人的定义分为三种：

高考前：国家保护动物。

高考中：国家重点保护动物。

高考完：四害。

所以作为害虫的他第二天就被他妈赶出门哪里凉快哪里待着去了。

他约了苏以沫、周颜和沈清乖。

似乎还是昨天，风儿撩拨着绿叶，人手握着杯北冰洋围成一圈，沈清乖碰了下苏以沫的胳膊，有些难以置信地说：“沫沫，和做梦一样，咱们真的高中毕业了。”

周颜顺手给了沈清乖肩膀一拳，毫无求生欲：“疼不？有感觉不？”

沈清乖幽幽地转头，举起玻璃瓶追他追了半条街。

盛意不知何时凑到苏以沫身旁，一下子紧紧握住她的手，头却偏向一边，她抬眼望去，只能看到从耳根蔓延而上的潮红。

他问：“你高考志愿想填哪儿？”

“洛城，或者其他靠海的城市。”

苏以沫只觉握着自己的手短暂地收紧，半晌才听到上方飘来一句：“我努力凑凑分。”

“你估好分了？”

“没，不敢。”

“我帮你？”

“你想得美。”

周颜被沈清乖揍得嗷嗷叫，一回头看他俩在后头磨蹭，周颜扯着嗓子喊：“你俩怎么回事，大庭广众之下卿卿我我、交头接耳。你俩不要以为毕业了，老许管不着了就可以为所欲为，我这挂名的风纪委员就是要正一正这风气，我们市一中的校训，那可是……”

后面接着的就是一连串惨烈的哀号声，盛意毫不犹豫地加入了“除暴安良”的队伍，势必不将周颜打回原形不罢休。

“恭喜毕业。”

耳边是攒动的嬉笑和温热的风，苏以沫抱着透明考试袋，突然就想到刚刚老许最后一次在黑板上写下的这四个大字。

粉笔一次有些发抖，不复往日凌厉。

他含笑看着他们，一如高二分班初遇时，他穿着绿油油的外衫，握着保温杯站在讲台上，眼神无比犀利地说出那句旷世名言。

“恭喜各位倒了八百辈子血霉，齐聚在理科 2 班这个也许不怎么温馨的大家庭里。”

时至今日，不温馨的大家庭里所有人都将如同散落的飞鸟，等着笼上铁闸打开的那一刹那各自飞向遥远的天际。

在最后一场英语考试落幕的那一刻，混杂着蝉声的夏天，好像突然就结束了。

“拿一张纸出来。”老许咳嗽一声说，“默写。”

他们莫名其妙地望着老许，但还是乖乖照做。

单亦行扯着嗓子问：“高考都结束了，默写数学公式，还是重要结论啊？”

老许看了他一眼，笑了。

“就八个字，青春如棋，落子无悔。”

众人都不说话。

“看我做什么？都把你们高贵的小脑袋低下去写完，错一个字罚抄一千遍，限时一分钟，计时开始。”

他还真就装模作样地看着手表计时。

也不知道是谁先哭了。

总之是从一小片呜咽慢慢变成了整个班的号啕大哭，经久不散。过去那么多的日日夜夜，你看着空中嗡嗡飞舞的飞虫，藏在手心里啃了一半的辣条，身旁是陪着你一起奋斗的同学，困到极致的时候猛掐自己的大腿再疼得尖叫清醒，低头看着桌上数不清的试卷和真题，一天写完三支 0.5 黑色中性笔芯。

一路迷茫，一路抱怨，一路跌宕起伏。

白炽灯的光再暗，也藏不住眼底的光。

苏以沫忽然觉得，好像已经过了半辈子，又好像只过了半秒钟那么短暂。

老许，不爱谈情怀也不爱讲废话，从不按照套路出牌的老狐狸属性，执意与闲适生活背道而驰，顶着压力主动请缨揽下最差的班级。

他会抓住你显露的错误和惰性尽情地打击嘲讽你，也会在你孤立无援的时候把该属于你的自尊一点一点地还给你。这样的人，是整个理科 2 班的噩梦，同样也是顶起理科 2 班的天。

最后，老许忍无可忍了："都给我憋回去！还没散呢！散伙饭不吃了啊？不吃了钱我留着自己买烟抽去，小兔崽子们！"

散伙饭自然是要吃的，甚至十分豪气地订在市里一家高档酒店。

平日抠到前无古人后无来者的单亦行将那些平日里克扣的班费尽数奉献给最后一餐。

沈清乖屁颠屁颠混入理 2 班的队伍，势必把蹭饭这一伟大事业发扬光大。

盛意指她："理 2 班聚餐，你一个文 1 班的来干吗呢？"

她挽着苏以沫，得意扬扬地说："你们班我认识的人都超半数了，还不能凑合凑合一起吃？"

"不能，班费又不是你交的。"

"我去，你个死抠。"沈清乖咬咬牙，"打一架吧，盛意。"

苏以沫无奈地把她给拉走了。

"我告诉你哦，像盛意这样的就绝对不能惯着，不让他感受一下这个社会的残酷都对不起我这已经在爆炸临界点的高贵心脏。"

沈清乖正说着，不经意往前一瞟，看到一个肤白貌美的小哥哥站在饭店门口，立马不说话了。

"沫沫。"

"嗯？"

沈清乖激动地将她揽住，小声道："看看看，正前方，上一届理科实验班的潇沐伯，这么久没见，他更帅了。"

苏以沫顺着她说的方向望去，潇沐伯靠在墙边，戴着耳机，眼中漾出一丝笑意。而后没过多久，有个穿白色棉麻裙的女孩急急忙忙跑向他。

两人说了几句话，肩并肩走远了。

苏以沫瞥了眼心碎一地的沈清乖："完了，你男神有主了。"

"没事，世界这么大，放弃一棵树还有一片森林等着我造作。"沈清乖没心没肺，"沫沫，吃了这餐饭，咱们好歹也算是个完整的成年人了。可以考虑谈一场甜甜的恋爱，轧马路喂喂饭，顺带展望一下美好的未来。"

苏以沫漫不经心道："太早了。"

"早个屁。"沈清乖摸了把她的脸，开始给她洗脑，"你看，我这么和你说，咱们现在都快十九岁了，四舍五入就是二十岁。那再四舍五入一下，就是奔三的年纪了啊！"

"你这什么歪理。"苏以沫哭笑不得，"照你这么瞎算，我半只脚都进棺材里去了。"

沈清乖大笑。

"我就是死了，被埋在土里，也要破土而出，做一个快乐的小僵尸，用我这性感的声线喊出那句：在吗？处对象吗？"

高考完全释放了沈清乖欢脱的性子，她跑餐桌上顺了瓶红酒，偷偷摸摸地在苏以沫面前敲了两声。

随着清脆的几声响，沈清乖嘿嘿地笑："没有什么是一瓶酒解决不了的事情，表白表不出来没关系，一醉解千愁，万事不用愁。"

"可我没喝过酒。"苏以沫看着那在瓶中晃荡的红色液体，有些纠结。

沈清乖信誓旦旦地拍了拍胸脯："有我在你怕什么，我以前跟着我爸出去吃饭经常跟在后面蘸一筷子，你就跟着我，我酒量好着呢！"

02

单亦行包了一个大厅，男生坐一边，女生坐一边。

老许事先把他叫到一边，让他控制点场面，别像上一届以及上上届一样醉到抱着垃圾桶哭。

单亦行眉头一挑："放心，这种小场面，我分分钟 hold 住。"

一个小时后，单亦行荣登理 2 班第一个喝醉的人。

喝醉了的单亦行整个人伏在一脸不耐烦的盛意身上，在他耳边讲着不着边际的废话。

单亦行这人就这一点不好，情感上来了，明明酒量不好，还喜欢往死里喝。

单亦行一直对盛意重复一句："你一定要对我们家沫沫好啊，否则我找个月黑风高夜去你家弄死你……"

盛意彻底黑脸，把他衣服一扯，咬牙切齿道："你再叫一句'沫沫'，我就真的把你从这儿甩出去，我忍你很久了，你知不知道？"拳头捏得咔咔作响。

盛意啧了声，一把拍开单亦行的脑袋往厕所走。他拐了个弯，一眼看见老许从厕所扶着腰出来。

他靠墙站好，顺手就从裤兜里摸出一包烟和火机。

两人对上眼，老许下意识地把烟塞回去，又想起盛意今天算是正式毕业，开始坦然地点烟。

"老许，不行啊，这就出来躲酒了。"

他不语，瞥了盛意一眼，伸手甩给他一根烟。

"我不抽，我还未成年。"盛意瞧了瞧手里的烟，特不要脸地说。

老许将头低下去，猛地吸了一口。半晌，他轻笑："你还记得我以前和你说过的一句话吗？"

"你和我说过的话多了去了。"

“就那句，你问我为什么相信你，我说我能保护你，但不能保护你一辈子。”

烟抽了一半，老许就掐掉了。

盛意记得他曾多次嚷嚷着要戒烟，而每一次的激昂宣告总会以抽半根作为结束。

“我又没让你抽，就是让你拿着。”或许是酒精作用，老许依旧轻轻笑着，只是眼底微含惆怅，“以前你们还小，无论发生什么，在我力所能及的范围之内，我都可以帮你们扛着兜着。就算你们想放纵自己往悬崖边走，我甚至都有信心把你们给骂回头。

“我这人狂得很，不讨人喜欢，做人是，当班主任也是。但我是真心想你们所有人好，真心想要你们过得舒坦，至少比我舒坦。”

盛意走过去，轻轻捶了下他的肩膀：“矫情啊今天。”

“人生难得矫情。”

盛意点头，将那根具有某种象征意义的烟揣在口袋里：“得和你说句抱歉，我承认我这三年……挺浑蛋欠揍的。”

“小兔崽子，毕业了倒开始洗心革面了。”

老许将盛意脑袋一拍。

盛意故作痛苦，哎哟一声。

“听好，我只说一遍。

“从现在开始，你们长大了，市一中和你们没关系了，校规也和你们没关系了。你们可以抽烟，可以恋爱，可以喝酒，可以在法律允许的范围内做任何想要做的事情。

“同样，从此刻起对于你们所有人的未来，我没有理由去插手。你们以后自己要走的路，要吃的苦，我都再也无能为力。”

那些自以为是的狂傲，最终都将趋于平淡。

那些张牙舞爪的锋芒，最终都将归于尘埃。

盛意不说话，他这几天一直零零碎碎地做着一些不着边际的梦。

有老许在班上翻来覆去的唠叨，有和周颜他们打打闹闹的片刻，而剩下的，是那个亮堂舞台上，一个小小的女童和现在亭亭玉立的少女身影重叠的瞬间。

“我是毕业了，又不是不回来了。”盛意没心没肺地笑，“大不了每一次回来的时候，我都来市一中瞅一眼你得了。”

想了想，他又补充：“嗯，应该还会捎上一个人一起看你。”

老许冷哼：“小兔崽子悠着点，你敢欺负人家我弄死你。”

“不是，你们是都对我有什么误解吗？我动谁也不敢动我祖宗啊。”

老许眼底依旧写满“我不相信”，他摆了摆手：“得，不和你说了，你回去吧，看着点他们。”

“你不回去喝点？”

“我出去溜达几圈，你们年轻人好不容易放松一次，我就不参与了。”

盛意双手插在裤子口袋，远远看着那微微佝偻的背影。

这么仔细打量着，其实这两年老许老了很多。

盛意至今还是不理解，为什么老许非要执着带理2班？如果他不带他们，就不需要天天在班外面转来转去看着随时随地闯祸的他们，不会在全体教师会议上永远领到倒数第一的名次，不用扯着脖子为了他们和年级主任理论。

“因为我无聊，我吃饱了撑着。”

问烦了，他就这么回答。

盛意总觉得，老许还在执着地想证明什么。

至于究竟是什么，已经不重要了。

山高水远，后会仍然有期。

03

盛意回来的时候，场面已经彻底控制不住了。

整个包间一片狼藉，男生抱在一起扯着嗓子唱跑调了的《海阔天空》，一群女生坐在一起哭到妆容全花掉。

沈清乖一人站在桌子上跳兔子舞放飞自我，一手一瓶啤酒对嘴吹，周颜半死不活地瘫在一旁，摆着手对沈清乖重复一句："不行了，不行了，实在是喝不下了……"

沈清乖撇嘴说了句："没用。"抬头看到盛意靠在门口，定神吹了声口哨，吼一句，"小盛子，没酒了！"

"你别喝了，再喝下去这饭店都得给你炸了。"

盛意无语，还好，他家小姑娘不像沈清乖路子野，估计现在特乖地抱着杯橙汁坐在角落小口小口地喝，从不放任自己喝成这疯婆子样。

正想着，有人拽了拽他的衣角。

盛意回头，看见苏以沫站在他后面，脸上是可疑的潮红，双眼呆滞无神。

"……"

他脸好疼。

"谁让你碰酒的？"

"嘘……"她做了个嘘声的动作，表情可爱极了，伸出一根手指小心翼翼地戳戳他的肩膀，语气里藏着一丝撒娇，"你，刚刚去哪儿了，我到处都找不到你。”

“和老许聊了几句。”

“那你现在回来，就乖乖待在这里，哪里都不许去了。”苏以沫嘟囔了一句，抬眼看他。

看了好久。

盛意只觉后背一阵凉意，不自觉地往后退了一步：“你……想干吗？”

“我想你……”苏以沫目光灼灼，“把头低下来。”

盛意鬼使神差地照办，刚弯下身子，苏以沫就双手捧着他的脸，强行与他对视。

那眼眸亮得吓人，他们离得极近，鼻腔里全是彼此的气息。

“我要告诉你一件，非常，非常，非常重要的事情。”苏以沫努力地集中精神，皱着眉头说。

“啥……啥啊？”盛意紧张得话都说不利索了。

“我告诉你，我真的，真的没喝多…………”

苏以沫一顿，表情缓缓划过一丝隐忍的不快。

“盛意……”

“干干……干吗？”

“我想呕。”

“噢……”不是以为的莫名告白，盛意释然地松了口气。

而后，突然变脸。

等会儿，她刚刚说她想干啥玩意儿来着。

“不是，小姑娘，商量个事儿，你你……你先忍一下！”

不由分说地，苏以沫朝着满脸视死如归的盛意，将刚刚吃的东西哇的一口气全吐了出来。

周颜东倒西歪地扭进了厕所。

他嘭的一脚踹开厕所隔间的门，盯着马桶看了一分钟。

酒劲上头。

“是爷爷我长高了吗？这……这洗手台，也太……太矮了吧？”

他不满地抱怨了半天，丢下一句“爷爷不洗脸了”就又晃晃悠悠地回头。

沈清乖就杵在门口，红着一张脸，虎视眈眈地看着他。

周颜吓得瞬间酒醒了大半，他看了眼门上的标志，又看了眼沈清乖。

“我没走错啊，沈清乖你闲得没事干来男厕所观光旅游啊。”

昏暗光线下，沈清乖半睁着蒙眬的眼眸，面颊由潮红缓缓褪成粉红，鼻尖渗出细小的水珠，睫毛轻颤。

“傻子。”

周颜下意识地应了一声。

“高考估分了吗？”

“……没。”

“有心仪的大学吗？”

“……没想好。”

“有想去的城市吗？”

“……这个也没想好。”

周颜眼睁睁看着沈轻乖逐渐沉下的脸，下意识咽了下口水。

不是吧……

她这个表情，莫非是打算在男厕所里杀人灭口？

“算了，和你说不清。”沈轻乖瞪了眼他，转身就走。

“啊？”周颜追上去，摸着脑袋疑惑道，“你问这个干吗？”

“啊你个头，说你傻子你还真是傻子。”沈清乖咬牙切齿。

死周颜。

十分钟之后，等所有人都走了，最里面的隔间门才被一脚踹开，单亦行沉默地走出来，叹了口气。

作为最早醉却最早醒的人，刚刚在大厅看到极其刺激单身狗的画面立马跑来厕所思考人生，谁知道还没待几秒就又来一对。

现在这个世道啊！

人在厕所坐，狗粮从天上来。

他毅然决然地去天台吹吹冷风思考一下人生大事。

04

盛意背着苏以沫慢慢走在路边。

夜里虫鸣蛙叫声不断，刚下了场霏霏细雨，此刻晴了，将夏日尘埃冲洗得干净。

“苏以沫你可真厉害，要不是你盛哥我躲得快，拜你所赐我今天就得裸奔了。”

“嗯……对不起。”

“道什么歉，我就随口说说。”盛意看着前面微微亮着的住宅，“一会儿你自己走上去可以吗？”

“盛意。”

“我在。”

苏以沫闭着眼睛：“我就叫下你。”

他笑：“你看我都把你给平安送回家了，你要不要给我个奖励啊？”

“奖什么？”

盛意挑眉："有件事我好奇很久了，沈清乖、单亦行还有那个斯文败类喊你沫沫的时候，你都是默许的意思，怎么到我这儿，就偏偏不让叫？"

苏以沫搂着他的脖子，跟蚊子哼一般含混不清地说："你是独一无二的。"

"什么？"

她拿指尖戳了戳他的耳朵，一脸傻笑："我说我不想你和别人叫我一样的名字，因为你是这世界上，独一无二的人。有时候我会胡思乱想，如果那天我没有迟到，没有被那个熊孩子砸到头，又或者我没被分到 2 班，我是不是就不会遇见你了？

"'不会遇见你'这件事如果发生了，仔细想来好像对我的人生并没有半点影响，我会像家人、老师期待的那样平淡地毕业，上大学，找工作，最后和一个家长满意的人结婚生子，这一辈子就这么过去了。"

苏以沫蹭了蹭他的脖颈："我这个人对感情有点迟钝，甚至也不太懂得感情是怎么一回事。但是和你做同桌后，好像有一点点清晰起来了。"

一旦有这么一个人出现，原本所有井井有条的规则都会因此人彻底打乱。

"于万千人之中遇见你，我是真心觉得，是我十八年来最幸运的事情。"

她将脑袋埋下去咯咯地笑，喝了酒不但话多，胆子也大了不少。

盛意闻着淡淡的酒味，蓦地也笑了。

"其实我们见过。"

苏以沫眨眨眼，"什么意思啊……"

"字面意思。"盛意偏头看她，"苏以沫，你喝酒断片吗？"

她点头，又摇头，十分苦恼道：“不知道啊。”

盛意失笑。

“我真是彻底被你打败了。”

一直走到楼梯口，盛意才轻轻将她放下。

“醒醒，自己走得上去吗？”

苏以沫乖乖点头，抬眼看着那双漆黑的笑眸，拽着他的衣角问：“我们真的毕业了吗？”

盛意点头。

“苏以沫小朋友，我以我帅气的脸蛋发誓，你真的真的已经毕业了。”

苏以沫咧嘴笑，松开他，转身就跑上楼梯了。

走到拐角处，她又连忙回头。

盛意果然还站在原地。

“忘记说了，祝你毕业快乐。”

“也祝你毕业快乐。”

“那……我走了。”

“好。”

“那个，明天……一起出去看电影吧。”

“好。”

盛意温声重复，眼中温柔似是快溢出来。

“只要是你说的，都好。”

第十章

chapter 10

少年逆风前行，
头顶有浩瀚星空

01

2019年冬。

高跟鞋踩在湿漉漉的地上发出嗒嗒的声响，苏以沫一手环抱着保温盒和挎包，一手举着手机，面无表情地听着电话那头的人喋喋不休。

“我不吃红辣椒，不吃头没剁下来的鱼，不吃猪肉、兔肉、隔夜肉。”

医院大厅人满为患，她看着电梯门口嘈杂的人群，果断转身选择走安全楼梯。

“喂？你听到没，听到了来时顺路给我带瓶酸奶，要原味的。医院的饮用水我怀疑是拿福尔马林泡出来的，一股子消毒水味……”

话音未落，门被嘭地打开，苏以沫一身米色大衣，微卷的发梢垂在肩膀，喘着气，样子有些狼狈。

她将保温盒往桌上哐当一丢，瞥了一眼病床上跷着二郎腿，还张着嘴巴盯着她的盛意。

“吃饭。”她声音柔柔的，语气却冷得能冻死人，想了想又补一句，“酸奶来不及买，你凑合着喝‘福尔马林茶’。

盛意坐起身，一边开保温盒，一边阴阳怪气道：“小姑娘，知道的是给哥送个饭，不知道的还以为你是提刀来毁尸灭迹呢。”

苏以沫杵那儿不说话，看他饿死鬼一般扒饭，指着那打石膏的腿问："怎么回事？"

盛意嚼着菜，含混不清地说："没什么大事，就昨天不小心从阳台跌出去了。还好我福泽深厚阎王爷转世，砸在防护栏上捡回一条命。"

"活该。"

"哎哟我去,你就盼着我哪一天死外面是吧？"盛意不乐意了，攥着筷子，一边捶床，一边对她嚷嚷。

她丢下一抹冷笑，不顾残障人士如何不满，提上包掉头就走。

盛意冲着那背影骂了一句，颓废地倒在床上。

明明是想把她招过来好好谈谈，自己没事抽风作什么妖。

烦躁。

无比烦躁。

他将平日里精心打理的发型抓成一团鸡窝，想起这小姑娘当初也是这么个冰碴子态度，一声不吭地拖着行李箱利落地搬了出去。

连根头发都不带留下。

过了好半天，周颜才穿着花裤子从洗手间溜进来。他探出半个身子，笑得贱兮兮："盛哥，难得啊，你家小姑娘居然特意过来给你送饭。""特意"两个字还稍稍提了提音量。

盛意满不在乎地哼了一声："她做的饭，难吃得要死。"

周颜喜笑颜开："那正好，我还没吃，给我扒几口呗。"

他刚往前踏一步。

盛意便将那饭盒往自己怀中一塞，用另一只未受伤的腿死命往他身上踹。

“滚滚滚，要吃自己去楼下买！”盛意扒拉完最后一口饭，“你滚下去吃完饭再滚上来的时候，记得给我带瓶原味的酸奶。哦，要是还和上次一样给我整个榴莲味的，我就消了你的年假，让你去不了伦敦见你家乖乖。”

论嘴毒这一点，周颜这么多年也没在盛意这儿捞到一点好处。

这犊子一句又一句滚，当他是畜生？

狠狠瞪了眼床上生龙活虎的残障人士，周颜没好气地说：“全天下也就苏以沫能忍得了你这脾气，换个女的早把你打一顿丢河里喂鱼了。”

盛意头也不抬，轻飘飘回一句：“我好歹还有人在跟前吵，某些人，想发个牢骚还得买张飞机票跨越半个地球。唉，惨就算了，这一惨，还得惨三年。”

沈清乖一年前赶赴伦敦进修音乐。

她对于这些有多执着，周颜都看在眼底。

“我那是放手让我家亲爱的追寻音乐梦想，彼此共同进步创造美好明天。你是啥，你是闹脾气闹分手！”

周颜拿着凳子往他床边一坐：“盛意，我告诉你，你赶快去哄哄你家沫沫，小心一个不留意就被哪个好男人给拐了。”

“不哄，谁哄谁是小狗。”

周颜笑了：“兄弟，你高中当狗当得还少吗？”

盛意顺手抄起吃完的饭盒，朝他脑袋就是一丢。

周颜眼明手快地接住：“你助理让我给你带句话，说你要是还不出院，他就谋你的权篡你的位，把你辛苦揽下的项目全部搅黄。”

盛意打着游戏，头也不抬地说：“你让他谋让他篡，只要她愿意天天加班到凌晨，我乐意当个快乐的小股东。”

周颜看他那自暴自弃的样儿，忍不住说："你和苏以沫差不多行了啊，你去哄哄人家。她耳根子软，你一哄她就不生气了。"

"不哄，惯得她现在这个脾气。"

"那还不是你惯的？"周颜没好气地说，"你就是嫌丢脸没告诉她，你之所以成这样，是因为当年她送的那独角兽被阿姨洗了挂阳台，结果风太大卡在边上，你是想捡回来才会从阳台滑下去的。"

盛意一个枕头扔过去。

周颜顺手将枕头接住，语气陡然严肃起来："没和你开玩笑，你是真的不能再颓废下去了。'origin'现在内部出了问题，3320那头恶狼虎视眈眈盯着咱们这块肥肉那么久，我是你兄弟不可能被挖墙脚。可其他人年纪不大，心性也不够稳定，你能保证他们会一心一意地待在俱乐部里？"

"一起训练了那么久，这点信心都没有？"

周颜唉声叹气："不是不相信，只是事事都有个万一。"

盛意抬眼看他，手机传来一声"defeat"。

猛地掀了被子从床上跳下来，他完全不像一个生活不能自理的病人，灵活得不行。

周颜吓得往后一退，眼睛睁得老大，指着他："你你……你腿好了？"

盛意边喊护士，边没好气地回他："我腿要是好得那么快，那小祖宗这几天能乖乖听话跑过来见我？"

02

"你也知道，这次机会很难得，全公司就派了你一人。"

苏以沫朝着电话那头漫不经心地嗯了一声，思绪却早就飘远，只剩下耳边一串嗡嗡的叮嘱。

“护照和手续我已经办好了，您放心。”

客套了几句，她草草挂了电话。

透过落地窗的玻璃，她正好瞅见马路边走过几个穿着蓝白校服的学生，满脸都是快要溢出来的胶原蛋白。

市一中的校服这么多年都没改过样子，设计得肥大松垮，穿在身上和唱戏的一般。当年怎么看怎么难看的衣服，如今再看，居然十分顺眼。

有时夜晚匆匆路过市一中，那砖红色的大门紧闭着，露出的教学楼还透着亮光，冲刺高考的学生待在教室里，如同昔日的他们日夜奋战着。

想到那年沈清乖曾指着学校热血地说：“我当年离高考还有几十天紧张得发高烧，我爸妈把我往医院送时，我还大喊大叫着要先回教室拿复习资料。我这辈子也就那时候把学习当周颜一样宠。”

结束大学生活的那一天他们返回市一中看老许，苏以沫对盛意感慨：“过了那么多自由自在的日子，回头想想还是当年被家人管着、被老师管着的日子最开心、最无忧无虑。”

盛意反手握住她冰凉的手：“但对于我而言，过去和现在相比，我更喜欢现在。”

比起无法掌控的，他更喜欢牢牢握在手心的。

盛意毕业创业，他朋友多又聪明，顺应国内电子竞技的第一波热潮创立“origin”，将周颜作为主力选手签入俱乐部。虽说前期困难重重，但这些年过去，也终于在去年夺得冠军后一炮走红。

而苏以沫也遵从喜好，在一家外企做了平面设计师。

明明一切都朝着美好的方向发展。

可她忘记了，生活不是偶像剧，掺杂油盐酱醋茶的日子，两人也并非能永远在对方面前扮演最完美的恋人。

彼此越加繁忙的工作和少得可怜的相处时光里，忘记是谁先挑起的矛盾，也忘记了是如何不欢而散。

“沫沫，发什么呆，你的咖啡要冷了。”Seven 拿着文件的手在苏以沫眼前晃晃。

“等我拿下这次的合作案，我就把之前心水的衣服全都搬回自己的衣柜，把舍不得吃的餐厅统统吃一遍。”Seven 双手合一，夸张地许愿。

苏以沫敷衍地笑，伸手将合作方的资料拿来又翻了一遍。

今天要见的人是近来主动和他们约设计的一家外企，说来也奇怪，不像其他公司拼命地鸡蛋里挑骨头反复改稿，当初他们只是把设计初稿发过去，那边的负责人就立马敲定签约合同。

Seven 拿到合同后笑得满脸春光，伸出新做的漂亮指甲指着说：“看看，这就是大公司的魅力，做事果断又识货。”

但这负责人够神秘的，之前也一直都是通过微信和邮箱联系。

总之性别不明，长相不明。

“这时间也快到了，对方负责人怎么还不来，急死我了。”Seven 皱皱眉头，理了理新做的栗色波浪卷发，她每天都会一丝不苟地化好精致的妆容，一身职业装加身。

用她的话来说，头可断，血可流，妆容不能丢。

“来了。”

苏以沫有点近视，模模糊糊看到对方的面孔一点点放大，然后握着咖啡杯的手陡然 僵。

面前的男人穿着考究的西服，带着熟悉又陌生的笑容。

“哦，是个大帅哥。”

Seven 款款起身，立马进入一丝不苟的工作状态，她敬重地伸手：“怎么称呼您？”

男人十分礼貌地轻笑，覆上手。

“薄简晨。”

03

“我看过你们的方案，设计得很有意思。”他对着 Seven 说道，目光却停留在苏以沫的身上，双眸像一片深不见底的湖水。

“我们公司缺少的就是这种融入灵魂的作品，所以我希望，如果有机会……可以见一见设计者。”

“薄先生客气了，这是苏以沫，这次的设计绝大部分都是她完成的。”Seven 在底下戳了戳苏以沫的手臂。

“沫沫。”他摊开手心，没有丝毫犹豫，喊她时如同十八岁前一样熟络，“好久不见。”

确实是好久不见。

苏以沫认真地打量对方，他生来聪明，本来就是天之骄子，只要是他想做的就没有做不到的。

时间磨平了他曾经的棱角，以前他虽然意气风发，但在为人处事上还稍显一些刻板，对人也冷淡。而就在刚刚他和 Seven 的几句对话，他却是一直带着浅浅的微笑，察言观色滴水不漏。

“你们认识？”Seven 心底暗自窃喜，怪不得这单合约签得这么顺利。

“嗯。只是好久没联系了。”

那年薄简晨提前被大学录取后，悄无声息地搬离了生活了近十年的地方。苏以沫拿着特意给他庆祝的礼物敲开他家门的时候，只有一个年迈的老太太告诉她，这家人昨天就已经搬走了。

搬家公司派车迅速收拾完拖走的时候，苏以沫还在教室里耐心算题。

手机号码变成了空号，没有告别，也没有留下新的地址，薄简晨这个陪伴了她八年的男孩，在高考前几天无比迅速地消失在了她的生命里。

再次相遇的时候，薄简晨绝口不提当年。

谈完工作上的正事后，会看眼色的Seven找了个借口提前离场，留下两人相对坐着。

薄简晨抿了口黑咖啡，不经意地问苏以沫：“这些年……过得还好吗？”

“还好，平平淡淡。”

“还和盛意在一起？”

“嗯。”苏以沫将具体合约的内容给他过目。

薄简晨接过压在手臂下没急着看：“和我想的一样，果然到了最后，最适合和你在一起的，还是他。”

苏以沫抬眼看他，也看到了不远处站着两个熟悉的身影。

周颜张着嘴巴，手已经做好了随时随地把盛意给拉住的举动。

“兄弟你听我说，咱们别冲动，先静观其变，以不变应万变。”周颜做梦也没想到刚和投资方吃完饭，想着带盛意散心，自己随便指了家咖啡店也能指得这么巧。

薄简晨回来了？

还和苏以沫坐在一起？

苍天啊。

相比较周颜一脸被雷劈了的表情，盛意要显得平静得多，和苏以沫双眼相撞的那一刹那，他将目光收回，转身头也不回地走到看不见他们的位置。

一句话没说。

周颜感动得几乎是鼻涕眼泪一大把："兄弟，你终于是长大了，我刚刚还以为你要抄起服务台的热水瓶就朝薄简晨泼过去。"

盛意没回话，就坐在位置上闷声戳着手机。

周颜好奇地瞅了眼，手机屏幕的搜索引擎上有一行大字：半夜把人打晕了丢下水道里一晚上有没有生命危险。

周颜："……"

"你们吵架了？他刚刚看我的表情，活脱脱像是想把我打晕了丢下水道里。"薄简晨难得开玩笑。

"闹分手。"

"这么严重，那我岂不是有机会了？"

苏以沫好脾气地笑："你可别开我玩笑。"

"看到好久不见的老朋友难免有点激动。"薄简晨掩去眼底的一丝失望，转了个话题，"天色不早了，我送你回家吧。"

"不用。"

"不需要。"

两人的声音同时响起。

盛意不知道什么时候走了过来，黑着一张脸将苏以沫的手心紧紧握住，拉到自己身后。

"盛意，你别闹。"苏以沫不悦地说。

盛意却当作没听见，他一双眼眸如同化开的烈酒般灼灼：“自家女朋友，我自己送，就不劳烦薄先生费心了。”

“前女友。”

苏以沫冷冷地补充。

盛意执拗地说：“我又没答应分手。”

薄简晨玩味地打量他：“说起来，这么久没见你，你好像变了很多。”

“我又没吃防腐剂，七八年了我要还和高中一样，我岂不是就成深山老妖怪了。”

“我说的倒不是外貌。”薄简晨看他那护犊子似的姿态，失笑，“有时间吗？我刚回来不久，下次请你们吃饭。”

盛意十分爽快：“我请。”

“恭敬不如从命。”

04

外头的风雪很大，积雪也很厚。他们走过，留下一串串交错脚印。

高楼入云，车水马龙。

盛意又轻轻握住了她的手。

当指尖不同的温度传来，苏以沫几乎是瞬间仰头望他。

“有车，别走神。”盛意瞥眉，提醒道。

她想要抽出手，但是最终没有。

几步走到车边，盛意一手开了副驾驶的门，一手将她塞进去。

“你闹什么脾气。”

苏以沫盯着他十分大力地关上门后坐在旁边，也不看她，就这么面无表情地盯着前面。

“薄简晨怎么在这里？”

“他是我合作公司的负责人。”

“就这么巧？”

“就这么巧。”

盛相濡坐在后排，不满地喵了好几声，奈何前面两人没一个理它。

“我还想问你闹什么脾气，想走就走想分就分，你当我是在和你玩过家家？”

苏以沫冷眸瞥过他，再不想多说一句话，伸手就去开车门。盛意眼疾手快地伸手将车门锁住，苏以沫忙活了半天也没打开，这才愤愤地说：“打开。”

他不开，苏以沫一双眼眸冷冽淡漠，就这么盯着他。

一分钟之后，他落败，颓废地解锁。

看着苏以沫决然的背影渐渐消失在面前，盛意气得一拳头捶在方向盘上。

盛相濡跳到他面前，仰头对他不停地叫。

“你冲我叫唤一晚上也没用，你没看见是你妈不要你了吗？”

他很没耐心地把它赶回到后排，本想开车走人，纠结了半天，又认命般打开前灯，缓缓跟在苏以沫身后，直到她走回了小区这才开回了自己家。

之后几天两人再没交集，盛意天天泡在“origin”逃避现实。

苏以笙小朋友来俱乐部找过盛意好几次，对于盛意和自家姐姐冷战这件事，他表示十分幸灾乐祸且开心到爆炸。

自打出生起他就喜欢黏着苏以沫，长牙后会说的第一句话是“姐姐”，更是嚷嚷着长大之后要和姐姐在一起。

当初就该在苏以沫耳边吹吹风，让她趁早离这小鬼头远一点。

盛意永远打击他："你有我长得帅吗，你有我有钱吗，你有我爱她吗？没有的话就自觉滚一边捏泥巴、玩积木去！"

但这丝毫没有摧毁苏以笙小朋友的决心，甚至于每周一篇的周记，他的标题永远是：今天姐姐和暴力狂分手了吗——没有。

而这周他终于是扬眉吐气，寥寥几笔写下：今天姐姐和暴力狂分手了吗——分了。

盛意坐在办公桌前办公，苏以笙就坐在一旁的小沙发上，自来熟地摸了盒饼干抱在怀中，两条小短腿晃来晃去。

苏以笙温柔地补刀："盛意哥哥，你和我姐分手了就别复合了，她早晚是我的。"

盛意刚签完一份文件，低头没好气地看他："你做白日梦呢。"

"我说实话。"

"苏小公子，今天既不是周末也不是法定节假日，不老老实实在学校待着，杵这儿教育我？"

"我放寒假了。"

"放寒假乖乖回家写寒假作业去。"

"不行，你还没有答应我。"

"你信不信我现在就打电话给你妈？"盛意将签字笔一放，抬眼威胁他。

天不怕地不怕的苏以笙，唯独怕他妈，此刻狠狠瞪了盛意一眼，抱着吃了一半的饼干跑路了。

他一出去，周颜正巧就从外面进来。

"哟，你2号情敌又来关怀你了？"

"滚蛋。"

周颜不怀好意地笑："盛意，我有个好消息和坏消息，你想先听哪一个？”

盛意头也不抬：“我一个都不想听。”

“你这不按套路出牌呢！”

周颜一屁股坐在沙发上，自顾自说：“好消息是我打听到你的1号情敌薄简晨，马上就要滚回伦敦，估计是不会再回来了。”

盛意冷哼一句：“算他识相。”

“不过这坏消息就是，苏以沫也会跟着一起去，好像是因为他们两家公司搞什么战略合作方案，安排一批人调去国外总公司。”

“……”

周颜余光望去，见他依旧没什么反应，于是又加了一记猛料：“唉，反正你们分都分了，她想去哪里，也和你没啥关系了。而且她刚给我发消息说她已经同意了，你说凭她那性子，这一去还回不回来？”

盛意那准备去握笔的手突然僵了一秒。

周颜恨铁不成钢地叹气：“我的意思你还不懂吗？傻子，把她追回来吧，不然你绝对会后悔一辈子。”

05

冷风席卷，苏以沫的意识陡然清醒起来，她缩了缩身子将脑袋埋在围巾里。

直到进了小区公寓楼里，打开手机她才发现已经关机不知道多久了。

手机边缘贴着一张粉色的独角兽贴纸，盛意有次送她的，黏性特好，苏以沫换手机之后一直没舍得丢，干脆继续贴着用。

那时他拿着贴纸将手举得老高，死皮赖脸地道：“提问‘盛意以江河’的下一句是什么，苏以沫同学作为当年语文单科全区第一，请在三秒钟内作答。”

她脸皮薄，说他不要脸，到底没说下一句，但最后还是欢喜地拿到了贴纸。

拿出充电宝给手机充上电，打开手机，数条微信和未接来电蜂拥而至，她定睛一看，才发现都来自一个人——盛意。

按下电梯，她想都没想就回拨过去。

那一头的人几乎是瞬间接通，电梯里信号不好，他的声音也断断续续。

“嘶……在哪儿？”

“刚和投资方吃完饭呢。”

“我问，你现在在哪儿？”

苏以沫愣了愣，温声答道：“刚出电梯，马上回家了。”

“盛意，周颜没和你说吗？我准备……”

“伦敦”那两字被她咽回嘴里，她看见盛意靠在她家门口，宽厚的肩膀洒落了点点雪色，大拇指轻轻摩挲黑色火机的磨砂外壳。

烟头上的火星忽闪，他薄唇微张，吐出一个缥缈的烟圈。

他戒了八年烟，今天第一次破戒。

“盛意？”

“小姑娘，我刚坐这里想了挺多的，你要是真不想回国了，我就把‘origin’总部整个挪去伦敦。你去追求你喜欢的，你想做什么我都支持你，反正就只有一点，苏以沫你给我记住，就只有一点。”他掐了烟，缓缓走到她面前，“别丢下我，算我求你了。”

苏以沫抬头与他对视，过了好久，突然笑了。

“谁告诉你，我不回来了？”

盛意一愣，傻乎乎地回一句：“周颜说你公司把你派去总部了。”

苏以沫眼底都是笑意：“只是外派学习，半个月就回来了。”

他的脸瞬间垮了下来。

想起那人堪比奥斯卡影帝般的演技，他咬咬牙，千言万语汇成一句：“周颜你大爷……”

苏以沫伸手拍拍他的脸颊，他这才发觉，她眼中像没有聚焦似的。

嗅到那浅浅的酒味，他的语气不由自主地重了几分：“你胆子是真的大了，酒量不好还在外面给我喝这么多？”

“我也不想……可是我要应酬，我要工作啊……”

她是真的有点喝醉了。

换作平时她都只是默默听他叨念，此刻却张开双臂环上盛意的腰，撒娇般蹭他的脖颈。

盛意那到嘴边的话瞬间堵在嗓子眼了。

“以后不要和我吵架了，好不好？”

“好。”

“以后不要随便提分手了，好不好？”

“好。”

我都听你的。

苏以沫得逞地笑，主动牵起他的一只手。

“那作为奖励，我和你讲个故事，是关于我的。”

她嘴角轻勾，执拗地抓住对方的无名指，声音低沉得像是在自语。

“盛意我和你说啊……很久以前，我在只有我自己的堡垒里，日复一日，荒芜茫然，我留下的痕迹仿佛枯萎的野草，我先是困惑，然后是恐惧，再慢慢堆积成了无法言语的孤独。

“有一缕带着暖意的光线照亮了这里，可我既向往又胆怯，从不敢直视它。起初只是远远观望，后来就费尽心机一点一点地靠近。

“最后我发现，我离不开那束光了。”

盛意没说话，那几句话像一把刀子，一点一点割在他心口，割得他心窝疼。

他何尝不知，他的小姑娘敏感又独立，难过时就缩在坚硬的壳里可怜巴巴地望着外面，从不主动迈出一步。

周颜以前瞎了眼说，他们不适合在一起。

那又怎样。

无所谓。

她在原地站着就行，他主动跑过去找她。

“苏以沫。”

“嗯……”

“有句话我一直憋着没好意思和你说。”盛意捧着她的脸浅笑，语气温柔又虔诚。

“曾经我以为是你的存在，给我带来了现在我最喜欢的世界。你只要站在那里，我就觉得自己的前方无比光明。可是过了那么多年我才终于明白，不是你带来了我的世界，你就是我的整个世界。”

说完，盛意感觉鸡皮疙瘩都起了一身：“啊，真矫情，我居然说出这么矫情的话。”

苏以沫迷迷糊糊的，也不知道听进去了几个字。

“我喝多了。”她覆上对方的手，好半天才冒出一句话。

“我知道，你只有喝多了才和我说这些。”盛意哭笑不得，“你挺有自知之明的。”

苏以沫唔了声，脚尖轻轻踮起，温暖而又熟悉的气息席卷口腔深处，他突然就想起了当年学校停电，众人都以为世界末日降临，整个班级一团乱的时候，盛意拉着她的手，在她手上落下一吻，脖颈和耳尖慢慢涌上了一层薄薄的绯红。

她其实什么都看得见，看得一清二楚。

感应灯灭了，从她那角度看去，对方的轮廓隐藏在暗光里，唯独看得到那双黑得发亮的灼灼眼眸。

“我觉得自己不够好，长相不好，身材不好，性格不好，哪儿都不好，没什么拿得出手的本事，也不像别人一样闪闪发光，说每一句话每一个标点符号都在想你喜不喜欢。

“我保证，你这辈子做得最错误的决定，就是和我在一起。”苏以沫叹了一口气。

他眸中的墨色却越来越浓，沉默半晌，突然咧嘴露出一个痞笑。

“小姑娘，我也保证，这辈子我做得最明智的决定，就是和你在一起。”他伸手将苏以沫揽在怀中抱紧。

“你看。”

盛意将她的脑袋往自己胸口靠了靠。她闷哼一声，隔着衬衫听对方有力的心跳。

“这里有你。”

酒精带来的醉意终是席卷而来，苏以沫努力唤回只剩丁点的神志，听他缓缓说完最后一句话。

“我目光所至，都是你。”

06

回到家，盛意终于把她哄上床。

随即他打了盆热水，把湿毛巾拧干，擦拭她泛红的脸庞。苏以沫裹着厚厚的棉被，像一只小青虫一样扭来扭去，她借着酒劲，嘴里还一直念叨着，要听童话故事，什么葫芦娃大战白雪公主，灰姑娘找妈妈一大堆牛头不对马嘴的东西。

盛意红着一双眼睛，将她按在床上：“讲道理，别动。”

苏以沫醉得不行，迅速挣脱缩回被子里，露出一双圆溜溜的大眼睛，像个委屈的小孩。

“盛意。”

“你又想干吗？”

“你总是欺负我。”苏以沫语气更委屈了。

盛意挑眉，嘴角露出一丝笑意：“我怎么欺负你了？”

“这些年你永远走在我前面，从来不会回头等等我，每次我都很费力地想要追上你。盛浑蛋，我最讨厌你了。因为你都不知道，我有多爱你。”

“我知道。”

盛意被他家小姑娘萌得眼底都是细碎星光，他凑到苏以沫耳边轻轻呢喃。

“可比起你爱我，我更希望是我爱你多一点，你说呢？”

苏以沫答非所问，看着他眼中的点点星光，不自觉地伸出手盖住他的眼睛。他乖乖闭眼，睫毛拂过她的掌心。

“你的眼睛真好看。”

“你这么喜欢，我又不能抠下来送你。”

“那要不……生一个？”

“……”

“不行。”

等苏以沫睡着了，盛意才慢慢从房间挪到客厅，打了个电话给周颜。

夜色如雾，把天地浸染成黑色，屋里的暖气吹得人头脑发涨，窗玻璃上渐渐蒙上一层水汽。

“在俱乐部？”

“嗯，带孩子们练习呢。过几年我也到退役的年纪了，还是趁早把他们的基础给打好。”

“过几天回市一中一趟，一起？”

“怎么着，以前每年都是夏天去的，今年提前了啊。”周颜敲着键盘。

“算起来也过了七年，有个东西寄存在市一中也该拿回来了。”

盛意说着，一抬头看到一个人站在自己面前，吓了一跳。

“我饿了。”

苏以沫不知道什么时候醒了，垂着头双眼无神。

盛意没反应过来，还举着手机下意识地回了一句“啊”。

周颜那端满脸黑人问号，他小心翼翼地问一句：“你在谁家啊？”

“我饿了。”苏以沫十分耐心地重复一遍。

“噢噢，饿了。你想吃什么，面条还是水饺？”盛意对着手机回了一句“在苏以沫家”，刚刚转身准备去厨房，手腕就被一双手给拽住，一下子给拉回到沙发边坐好。

“你干什么，别闹。”盛意有些无奈。

完犊子，彻底醉了。

“我不闹,我乖乖的。”苏以沫眨眨眼睛盯着他,咽了一下口水。

周颜也听到苏以沫的声音，大呼小叫：“你在她家啊，和她和解了？”

效率不错，不枉费他和沈清乖密谋半天想出这么一个方法刺激盛意。

盛意敷衍地嗯了句，又聊到正事：“过几天回俱乐部开个会，商讨下次出战的人员安排。毕竟上一场我们会赢，运气还是占了很大一部分。”

“听你这口气，3320 恶意收购的事情解决了，是吧？”

“他们吞不下我们。”

盛意笑：“你比我更明白一个冠军战队在电竞圈的含金量有多大，冠军，意味着源源不断的赞助与曝光率。3320 确实是老牌俱乐部，但这几年也没什么拿得出手的成绩，挖我们的选手，在我们的投资人那里嚼舌根，无非就是还想着保持一家独霸的局面。

“你觉得我会让他如愿？”

“盛意,有时候你就是把冒着寒光的锋利匕首。”周颜笑嘻嘻,“我相信你，你做事我挺踏实的。”

盛意呵呵两声：“反正你也确实帮不了我什么忙，也只能相信我了。”

“你回句‘我不会辜负你的信任’这句话是会死还是会怎样！”

“我实事求是。”

"你滚蛋。"

盛意刚准备和周颜谈谈其他几个选手的情况，苏以沫突然一手钩住他的指尖。

"别闹。"

"我想吃饭。"她可怜兮兮地摸了摸肚子。

"好。"

盛意刚准备起身，她一个用力又把他给拽了回来。

"……小姑娘。"

苏以沫凑过去对他笑："嘿嘿，在呢。"

他语气颇为无奈："你不让我起来，我怎么给你弄吃的？咱们商量个事，你先坐在沙发上等我，我保证，我马上就回来。"

盛意教诲。

要死了，他现在的口气和当初耐着性子哄几个月的苏以笙睡午觉是一个样。

可对方像是没听懂一样，摇了摇头。

饿了，所以要吃东西。

她舔舔嘴角，指尖动了动，指着盛意。

"吃你。"

盛意："……"

手机掉了。

第十一章

chapter 11

万事胜意，你是人间江河

01

人生总有许多遗憾，终究意难平，或许我们还很小，不配说什么深刻的爱，每天打打闹闹，手足无措地，穿插着一些暧昧。

这么久才发现，原来我爱你，非常爱，以后也会越来越爱。

02

周颜和一群小崽子为了攻一个塔一晚上没睡觉。

早上的时候他顶着两个黑眼圈，胡子拉碴地瘫坐在会议室里，看着手机记录的昨晚每个人的战绩。

一双手猛地覆上他的眼睛。

熟悉的气息，熟悉的香水味，周颜身子一僵，就听见头顶上传来刻意甜腻造作的声音：“小哥哥，约吗，我萝莉音哦。”

“不约，我是有家室的人。”

“你女朋友她不在这里的啦，咱偷偷的。”

“要死啊你。”周颜抓住她的手，又好气又好笑，“你继续装。”

说完，他又说：“沈清乖，长本事了，放假回来都不打个招呼。”

“没劲，还以为你会说出什么对不起我的话呢。”沈清乖把行李箱一推，大大咧咧地放手绕个圈坐在他身边，撑着脑袋看他，

“想不想我？”

“想。”

“有多想？”

“恨不得让你老实待在这里哪儿都不许去。”

说完，周颜又把头低下去。

“我就说着玩的，我知道音乐对你来说很重要。”

沈清乖狠狠捏了下他的脸。

“我说我满足你，你信不信？”

周颜愣了片刻，错愕地抬眼看着面前小麦色皮肤的女孩：“你……什么意思啊？”

“我不走了，我就待在你身边，哪儿都不去。”说着沈清乖笑着往他怀中凑。

周颜下意识地抱住她，眼睛一下子就红了。

“你看看我有多爱你，为了你，老娘拼了命地把三年要学的东西在一年内全部搞定。所以你以后要对我好一点，工资要上交，出门要报备。”

周颜将头埋在她的肩膀上，听着怀中之人絮絮叨叨着，悄悄抹了把眼泪。

“嗯。”

03

四人约着在市一中对面的咖啡馆吃了餐中饭。

老板依旧是那个偷摸着给他们送外卖的学长，意面端上来也依旧是高中时吃过的味道。

这顿饭算是给沈清乖接风，欢迎她重新回归美好祖国。

沈清乖和苏以沫亲热了好一会儿，这才坐回到位置上感慨：“唉，我在伦敦，最想念的就是中国的火锅和麻辣烫。”说完嫌弃地瞧了眼面前的意面，瞪着盛意，“怎么回事啊，我不是说我回来的第一餐要吃火锅的吗，又让我吃西餐几个意思啊？”

“有得吃就不错了。”盛意专心地给苏以沫倒橙汁，“一会儿去市一中转一圈，在这儿吃方便。”

今天周末，市一中也没什么学生，几人上三楼回到原来的教室门口。门是锁住的，只能隔着玻璃往里面瞧几眼。

桌椅换了一批，墙也刷得雪白，讲台旁边还安了一台空调。

教室里的人换了一届又一届，相同的场景上演了一幕又一幕。记忆中的那个炎热夏季洋溢着浓烈的青春气息，浩浩荡荡地来临却又转瞬即逝。

“虽然我不学理科，但是按照我这跑理 2 班的频率来看，我也算是半个理 2 班的人了。”沈清乖扒在窗户边，拉了拉周颜，“你以前坐哪里的啊？我不大记得了。”

趁着两人凑在一起研究着座位，盛意悄悄牵起苏以沫的手，压着声音说：“喂，带你去个地方。”

教学楼后面的那栋烂尾楼早已经被改成了一栋新的宿舍楼，盛意带着她一路小跑，左顾右盼，好像是在找什么。

“你要带我去哪儿？”苏以沫问。

盛意回头，笑道：“七年前我在这里埋了一个时间胶囊，你还记得吗？”

“记得，你说过要过很久很久才能打开。”

盛意嗯了声：“我现在想让你打开。”

他记忆不错，稍微找了半分钟就在那棵镇校之树下挖到了粉粉嫩嫩的时间胶囊。

拍了拍上面的泥土，盛意把它交在苏以沫手中。

“其实有一件事我撒谎了。”

盛意帮她一起打开按钮：“毕业那天，我背着你送你回去的时候，你问我喜欢上你是什么时候，我说谎了。我其实记得。”

“难不成，你还真对我一见钟情？”苏以沫打趣，胶囊打开后里面空荡荡的，只有一张被保鲜膜包住的照片。

苏以沫好奇地拿出来，是当年少年宫小提琴两个班的大合照，她好像也有过这样一张照片，只不过搬家的时候弄丢了。

但是，这一张……

“盛意，你从哪里找到这张照片的？”苏以沫的声音都不自觉提高了几分，这张照片的右下角赫然就是年幼时的自己。

“很惊讶？那还有更让你惊讶的。”盛意指尖往旁边动了动，指着左下角最边上的一个小男孩。一整张照片里三十几个小朋友全部咧着嘴盯着镜头，唯独只有这个小男孩，十分认真地往苏以沫那边打量着。

“这是我小时候，是不是从小就帅得人神共愤？”

苏以沫脑海一片空白。

是啊，她怎么没想到，盛意和她年纪一般大，也都在少年宫学过小提琴，保不齐就能碰到一起去。

“当然，我不是和你一个班的，我在你隔壁班，也没和你说过话，但我一直在偷偷望着你。那时候不懂喜欢，我也不敢和你说话，唯独一次交流就是在比赛的现场。我表演完毕之后紧接着就是你，我一回头就看你紧张得全身都在发抖，所以我鼓起勇气和你说了声‘加油’。”

他问：“你记得那个男孩吗？”

“记得，他拉得特别好，好到他一结束，我心态就崩了。”苏以沫忍住笑。

“你不知道，我回去之后开心死了，本来想着第二天带好多好吃的过来找你玩，结果从那天起就再也没见到你了。”他的语气无不惋惜。

那年在公交车上相遇他就觉得苏以沫熟悉，后知后觉，过了这么多年他终于还是等到了她。

原来，我从当初第一眼遇见你就喜欢上了，而这一喜欢，就是十几年。

他不懂爱，却逼着自己去耐着性子学小提琴，因为觉得苏以沫会喜欢听。所以他带她去看自己最后一场表演，要喊她小姑娘，要欺负她，谁让她忘记了自己。

不过，他并不打算那么早告诉苏以沫。

来日方长。

“所以，你喜欢的那个人是我？”苏以沫眼圈有点红。

盛意点头：“从始至终，只有一个你。”

他又说：“我都讲得这么明确了，你这不废话嘛！”

“我就是觉得不敢相信，你说怎么就会这么巧，我们又遇见，相伴，甚至相爱。”

“没有什么是不可能的。”盛意将照片放回时间胶囊里，“如果真的要一个理由，大概是上天还不想让我们的缘分这么快结束吧。”

苏以沫哼了声：“以后，不许瞒我事情。”

“得嘞。”盛意笑得眯成一条缝，“以后你说什么我都听。”

“对了，在班上的最后那天，老许让我们默写了八个字，记得不？”

苏以沫点头："永远不会忘。青春如棋，落子无悔。"

"其实这句话前面还有一句。"

盛意笑得和当年一样灿烂："相遇年少，相伴到老。"

苏以沫看他："所以呢？"

他低下头，目光灼灼："我资产尚可，无不良恶习，长相还算得上是端正，有房有车无贷款，一心一意一辈子只钟情一个。机不可失失不再来，这么优秀的男人，苏以沫小姐不考虑嫁吗？"

他还是万般不放心，所以得迅速行动，赶在她出国之前将生米煮成熟饭。

"嫁个屁。"沈清乖不知从哪里蹿出来，黑着脸嚷嚷，"盛意你做个人吧，没戒指、没惊喜、没漂亮的求婚场地，就这样还想拐走我家沫沫？"

她把苏以沫一拉，如母鸡护小鸡一样护在身后："我告诉你，只要我沈清乖还有一口气，你别想这么轻易地把我家沫沫拐走。"

"沈清乖你去国外进修的是'嘴炮'专业吧？"盛意狠狠瞪了她一眼，简直要疯，"我就奇了怪了，每次我和她说什么掏心窝子的话的时候，总要有个人凑过来出个镜。你不和周颜一起，过来干吗？"

沈清乖这才一拍脑袋，想起正事。

04

等三人慢慢悠悠地晃到破烂墙的时候，周颜已经挂那里很久了。

"你是不是有病啊，你又不赶早自习了上什么墙啊？"盛意莫名其妙地看他。

“这不是找一找过去的感觉吗？谁知这墙有毒，我一共就爬了两次，两次都卡在上面。”

已经疯了的周颜嗷嗷大叫：“那边的朋友，求婚的放一放，吵架的也请等等。老盛我告诉你，我一电竞圈明日之星卡在这里要是被哪个无良媒体拍到，‘origin’就该上八卦头条了！”

盛意继续面无表情地看着他。

“那正好，赞助商说‘origin’除了比赛之外的曝光率太少，干脆你就牺牲小我成就大我得了。”

三人都笑。

苏以沫偏头看，那个从前怼天怼地，发起脾气来和公牛似的校园小霸王，在岁月的蹉跎中不知不觉变得成熟，成熟得能驾驭一套颜色挑剔的西装正装，成熟得每一个颔首微笑都得体从容。

命运给我们准备了无数通关礼盒，独木舟最终会辜负无数千军万马，可我们还会牵手一路前行，跌跌撞撞走完唯一的青春。

Seven 闲来无事时问她：“你信命吗？”

“尽人事听天命”这句话苏以沫只认同前半句。

但她信盛意，信沈清乖，信周颜。

我拥有你们，相信友情无价，相信未来永远纯粹，相信和你们在一起的时候，我上天入地，无所不能。

可上九天揽月，可下五洋捉鳖，谈笑凯歌还。

周颜的嚷嚷大叫真的引来了学校的巡逻保安，那几人从远处指着他们走过来的时候，沈清乖一本正经地盯着周颜，丢下一句“对不起了”立马撒腿就跑。

“不是，有你这样的女朋友吗？”周颜望着那跑远的身影，又将希望放在盛意的身上。

“我知道最后还是我兄弟靠谱。”

盛意给了他一个“坚强”的眼神，一把握住苏以沫的手，如同当年一样握得紧紧的，头也不回，跟在沈清乖的后面跑得飞快。

丢下动弹不得的周颜生无可恋地破口大骂。

不顾一切，苏以沫死死抓住那双温暖的大手，心底无比畅快，耳边是清冽的风。

“盛意。”

他回过头，看见苏以沫脸颊通红。

“我爱你，以前是喜欢，现在是爱。我爱你，非常非常爱，以后也会越来越爱。”

第一次，苏以沫在清醒的时候，说出了这样的情话。

盛意突然觉得，上天对他的恩赐好像太多了点。

他不浪漫，不温柔，没什么耐心，却记得要对一个人好。

忠诚热烈，奋不顾身。

“承蒙苏小姐喜欢。”

盛意一把将她揽在自己怀中。

愿倾尽毕生所爱，将我一颗真心尽数奉上。

· END ·

番外一

extra 01

关于薄简晨的二三事

01

从记事起，爸妈就从没参加过他的家长会。

他们爱吵，吵起来又是骂又是闹，平日在外面故作恩爱的两人，关起门来就变成了这世界上彼此最恨的仇人。

薄简晨起初会哭，哭得撕心裂肺的那种。因为他以前的同学告诉他，爸妈吵架的时候自己吼一嗓子，那两人就不吵了。

他照做。

那谩骂果然停下，薄简晨揉着眼睛，期待地看着母亲。母亲的目光异常冷冽：“哭什么哭，你怎么这么烦啊。”

后来他就没有哭过了。

02

随着年纪增长，他直接跳过懵懂渐渐展露出锋芒，比年纪相仿的孩子成熟，待人接物宛若成人，成绩也永远是年级顶尖。

清醒，异常清醒。

老师谈起他，皆是赞不绝口。

“完美，简直是完美，教书这么多年以来，从没见过这样的好苗子。”

“好苗了”的生活是引人羡慕的，他就算不说话，单单坐在那里，也会有大片的同学争先恐后地将他围成一圈。他知识面广，什么话都接得下去。他侃侃而谈，虽不爱笑，但语气温和，像童话里的王子。

事实上，如果不是维持必要的人际关系，他其实很不喜欢被那么多人围着。

学校生活占一半，家中生活占一半。

那一天他刚打开家门，铺天盖地的吵闹声如往常一般向他涌来，不知是谁扔了个玻璃杯，在他的脚踝旁炸开，锋利的碎片割破他的皮肤，混着有些滚烫的热水火辣辣地疼。

他却一句话没说，弯腰收拾好碎片。

那两人安静下来，就这么看着他。

他却当他们是空气，放下书包，自觉走进厨房做了一碗面条慢条斯理地吃完，又洗干净放回橱柜里。

当他将门重新关上的那一刻，他那将脸擦得惨白的妈朝着男人尖叫："我倒了八辈子霉碰见你，还生下他！这就是你儿子，活得像个怪物一样！"

他假装没听见。

楼下传来搬运东西的声响，邻居说，今天会有一户人家搬进来。

不过这从不是他会在意的事情，正想着要不要打个招呼表示一下礼貌，就看见那个角落里埋着小脑袋轻轻抽泣的小女孩。

粉粉嫩嫩的，又瘦又小。

他有些不知所措，他是应该假装看不见，还是坐下来陪她说说话？

他选择了后者。

“你为什么哭？”

“我把我妈妈害死了。”

这就是他遇见苏以沫的开端，一场沉醉其中的短暂美梦。

他告诉她自己悲惨的家庭，她告诉他无法释怀的过去。那短时间的相处，让他觉得苏以沫是这个世界上他唯一可以相信，可以坦然地将那颗冷漠的心交付的人。

满身千疮百孔，荒芜空白的他，确实迫切地需要这样一人的陪伴。

小学，初中，高中。

他规划算计着自己的人生，同样也将她归于计划之中。苏以沫第一次考试只会写十题，拿着卷子在他面前大哭的时候，他又好笑又心疼，于是拿笔和草稿纸把每一道题目都写满了详细的解题过程。

“路是自己选的，但只要走完了必须走的路，你才能有资格选择你想走的路。”

他说出这句话的时候，苏以沫一边吸着鼻子、一边无措地看他：“我听不懂。”

“你不需要听懂。”他浅笑，暖色灯光在他的脸上投下一层淡淡的阴影。

“我懂就够了。”

03

高中之后，他想得越来越多，顾忌也慢慢增加。

比如在某一天听到有人在嚼自己和苏以沫的舌根后，他就刻意地在学校与苏以沫保持距离，在家里是“沫沫”，在学校是“苏以沫”。

而她也乖巧地没有任何异议。

他会记得放学和她一起回家，每天为她准备热牛奶，看她咕咚咕咚喝完整瓶。

他告诉她，下一次生日还是他陪她一起，就他们两人。

从没想过会有别人悄然无息地闯入她的世界。

他想要抓住她的手，但也只是远远地想，所以她像是一阵风，终于从他的身边飘走，去往了她所向往的陆地。

然后……

就属于别人了。

他曾一遍一遍地问自己。

如果早一点说出那三个字。

也许现在在她身边的，是自己也说不定。

他总是这么欺骗自己。

在那场物理竞赛开始之前，夏一一不知从哪里弄来了他的手机号码，给他发了一条短信。

只有一句话：“我帮你好不好？”

那时候他觉得莫名其妙，直到第二天看到苏以沫执意弃考去找回不知所云的手链时，他才终于明白了那句话的含义。

苏以沫冷冷吐出那句“你们永远让我听话”时，他是想要辩解的，却无论如何都开不了口。

希望她好，希望她以后的路走得无比顺利。

没人教他如何去表达这样的感情，他只能将这些笨拙地、小心翼翼地藏在心底。

谁也看不见，谁也找不到。

万事大吉。

之后他无数次想要拉住苏以沫，想告诉她，他八年感情不比盛意少一分。

可就在他鼓起勇气的前一晚，他家出事了。

所有人都说薄家家大业大，男女双方在事业上皆是不容小觑的商人，而立于高处的他们，也难免会有一天彻底垮落下来。

那一天，他收到了保送的通知。

那一天，他被自己的双亲抛弃。

他站在空落落的房子里，昔日的天之骄子，攥着名校录取通知书，此刻面无表情地看着父母留给他的狼藉。

这件事他没有和任何人说过，签了合同后也很少回班级，大多数时间，他就一人待在自己的房间，联系买家张罗着卖掉这套房子。

毕竟，他还得还债，生活，读书，他还需要钱。

生活多现实，过去没人会认为薄简晨会缺钱，他吃穿无忧，吃的是牛排西餐，穿的是名牌高定，平日里低调，却依旧掩不住那天生的独特气质。

他的老师告诉他，他就该做那翱翔蓝天的雄鹰，俯视众生。

可事实上那一瞬间，他脑海里只想着放学路上，打包两份街角最受欢迎的麻辣烫回家。

04

他给了自己三天时间在这座城市停留。

心底居然还隐隐期待着，苏以沫会敲响他家的门，像以前那样轻声问他怎么了。

可惜，直到不得不离开的那一刻，他想等的人，终究没有等到。

之后的生活，便是一个人拼命学习，拼命打工，拼了命地在这个残酷世界里靠自己扎根。他拖着疲惫的身子躺回狭小的宿舍床上，偶尔回忆起过去那些片段，已经遥远得仿佛隔了一道银河。

没有朋友，没有亲人，没有欢声笑语。

但他还是成了老师口中那只翱翔蓝天的雄鹰。

合作的酒店经理曾吹捧他："我要是你，生得一副好皮相，年纪轻轻便是万人之上，生活富足，以后娶妻生子安享晚年，此生便是无憾。"

他却笑着摇头，有遗憾的。

苏以沫便是他的遗憾。

他走的时候拖着重重的行李，转身看着这座城市，留着他最心爱的女孩子，那个时候他就发誓，他一定会回来。

苏以沫喜欢猫，他便想要养一只猫。

苏以沫喜欢吃糖，那之后他便总是带着几颗水果味的糖果。

他曾幻想要给苏以沫一个温暖的家，于是在买第一套属于自己的房子时，装修上的每一个细节他都亲力亲为。

他做了所有她可能喜欢的事情，却唯独做不到让她喜欢上自己。

时隔那么多年后再一次重逢，其实他有很多话想要和她说。

比如我还忘不了你，比如我还好想你。

每一个不懂爱的人，都会执拗地以自己认为对的方式去对待所爱之人，然后分开，然后在某一天懂得了如何正确去爱。

但那个时候，她再也不会回来了。

05

去机场赶赴伦敦的那一天，他收到了苏以沫的短信。

她说：“薄简晨，祝你幸福啊。”

那短短一行字，他足足盯着看了半个小时。

助理取完票催促他去检票口，他应了声。

看来她不会和他一起走了。

在关机前，他飞快地给她发了这七年来，第一条也是最后一条短信。

“再见，沫沫。”

再见，他年少时的所有心事。

番外二

extra 02

盛意小朋友的二三事

01

许靖轶当年生盛意的时候难产，几乎是折了半条命进去才把这小祖宗带到人世间。

盛意他爸就站在产房门外，听着妻子杀猪一样的号叫，黑着一张脸，抓着个路过的女医生让她进去告诉里面的人，无论如何，保大，迫不得已的时候，弄死小的也行。

好在母子平安。

一出生就差点被自家爸爸给“弄死”的盛意，完美遗传了许靖轶“只要活着就将拆玩具、拆家具、拆房子事业发扬光大”的活泼个性，小小年纪就皮得不行。

许靖轶曾经的梦想是生一个和丈夫一样稳重帅气的高冷小男神，她默默看着面前抱着冲锋枪在客厅疯跑的盛意，给少年宫那边的小提琴老师打了个电话。

盛意死都不愿意去，抱着桌腿坐在地上和许靖轶对峙了半个小时。

许靖轶实在没有办法，苦思冥想出了个招。

她也不凶盛意，盘腿坐在自己儿子对面，掏出手机开始放鬼片。

音量超大。

盛意：“……”

一个小时之后，吓得脸都白了的盛意乖乖跟着满面红光的许靖轶前往少年宫报到。

02

盛意在这个班上认识了同样“被迫营业”的徐磊。

两人一拍即合，上课时间趁着老师低头的一刹那，以迅雷不及掩耳之势冲出教室，消失得无影无踪。

第一次是掏鸟蛋，第二次是拔了对面一栋小别墅院子里养的鸡的毛，第三次是因为拔鸡毛被许靖轶给揍了，报复般想把剩下几只鸡的毛一并拔了，结果被那家的大白鹅追着绕着少年宫整整跑了两圈。

跑的时候他百思不得其解，市中心一小破院子养那么多牲畜做什么？体力过剩的盛意与徐磊跑散，直接跑进少年宫随便找了个门一头扎进去。关门那刻，面前陡然陷入黑暗之中，他愣了几秒，脑海里划过无数鬼片里的片段。

前有妖魔鬼怪，后有暴力大白鹅。

盛意第一次觉得活着好累。

就在此时，前面的桌凳下发出窸窸窣窣的声响，好像是有谁起身往他这边挪步，细微的脚步声回荡在盛意的耳边。

他全身僵硬，抄起身旁桌子上放着的直尺，双手颤抖地指着前面模糊的一团，大声呵斥：“来……来者何人，报上名来！”

没人睬他。

“不……不说话我就对你不……不客气了！”

还是没人睬他。

盛意一咬牙一跺脚，心想十八年之后又是一条好汉，猛地一蹿，摸黑朝那团黑影扑了过去。

嘭的一声，他把黑影压在地板上的一刹那，听见了黑影小声地叫了声“好疼”。

这团玩意儿，好像是个人。

盛意这才手忙脚乱地从口袋掏出了今早装的小手电筒，借着微弱的灯光，他看到地上躺着个和他一般大的短发孩子，大眼睛白皮肤，有些不悦地揉着脑袋。

盛意心想：“这哥们儿怎么长得像个小姑娘一样。”

“你干吗？”对方声音又冷又小。

哦，连声音也像个小姑娘。

自知理亏，盛意也没说什么，把对方拉起来没好气地说：“你大白天在这儿装鬼啊？”

对方不理他，转身蹲在那桌凳下面不知道在干什么。

盛意好奇，举着手电筒弯腰看，只见对方抱着一只睡着的小奶猫。

“哟，这儿还有猫呢！”盛意嘿嘿地傻笑，在那“哥们儿”旁边蹲下就伸手不客气地在它身上摸了一把。

“你别用力。”那“哥们儿”好像特别嫌弃盛意，连忙把猫给抱到一边。

他的手就悬在空中。

岂有此理。

从小众星捧月长大，从来就没有一个人嫌弃过他。

“你不让我碰，我偏要碰！”盛意蛮不讲理地从那“哥们儿”怀中一把抢过小猫，嬉皮笑脸地看着对方那脸陡然一垮。

“还给我。”

“不还。”

“还给我！”

“还你是小狗。”盛意比对方高一点，将那只猫举过头顶，语气无不得意，“你大声点啊，小小男子汉说话声音这么小，跟个小姑娘似的。”

那“哥们儿”气得全身都在发抖，说了句“神经病”就去追他。

盛意举着猫，绕着教室跑，时不时回头看看跑得气喘吁吁的对方。

唉，好弱。

“算了算了，还给你。”武力值相差太大，盛意没了兴致，正准备把猫丢给对方，那猫却突然醒了。

可能是发现自己悬在半空中，它下意识朝盛意的手就咬了一口。

盛意：“……”

“啊……我要死了啊！”盛意跟丢了魂似的，把猫一丢，对方连忙接住抱在怀里哄。

他妈天天吓他，说被动物咬了就得打狂犬疫苗，要是晚了一点，就有可能不治身亡。

在死亡边缘疯狂挣扎的盛意冲去了教室门口，正准备开门求助老师，奈何扭了半天，那门都纹丝不动。

“……”

“啊……这里有鬼啊！”盛意又往回跑，扒着那“哥们儿”的肩膀，神情恐惧。

“应该是老师以为这个教室没人，就锁上了。”

那“哥们儿”特淡定地看了盛意一眼：“你别抓着我衣服。”

盛意颤颤巍巍地松开："你不害怕啊？"

那"哥们儿"摇了摇头，在身旁的位置坐下，安静地给小猫顺毛。

盛意发愣半天，这才颓废地找凳子挨着对方："我们不会被关在这里关到死吧。"

"不会，马上放学了，我们不在老师会发现的。"那"哥们儿"淡淡地说。

"可是我被这猫给咬了，我马上就要死了。"盛意生无可恋地瘫在座位上，语气里含着一丝哭腔，"我还没有成为一名光荣的少先队员，就要英勇就义了。"

那"哥们儿"偏过头看他，有些纠结，好似也不知道被小动物咬了该怎么办。

听到盛意开始有一下没一下地抽泣，那"哥们儿"苦思冥想一番，伸手在盛意头顶拍了两下。

"别哭了，你不会有事的。"

盛意哭得很认真，没听见。

那"哥们儿"又想了想，干脆把他轻轻抱住，笨拙又别扭地安慰："我保证我们马上就会得救的，你相信我吗？"

对方身上有股香气，盛意没由来地点头。

"相信。"

那"哥们儿"这才满意地放开他，绽放出一个浅浅的笑容："乖。"眼睛弯弯的，像月牙。

盛意的脸唰地红了。

不是，他脸红什么！

"你不怕黑吗，这黑灯瞎火的你怎么找到这小猫的？"他无措地转移话题。

“我喜欢吃胡萝卜。”对方一脸真诚，“视力好。”

而后就是漫长的等待，盛意犯困，打了好几个哈欠，在眼皮子合上之前，他特意问：“你叫什么名字啊？”

过了好久，对方才脆生生说了三个字：“苏以沫。”

盛意闭上眼，唉，连名字都像个小姑娘。

03

盛意醒来的时候是在自己床上，据他妈说，那天黄昏整个少年宫都在翻天覆地找他们两个小孩子，急得差点报警，最后才在那个教室发现了睡得不省人事的两人。

鉴于盛意被猫咬了，且看他打狂犬疫苗时疼得跟病情发作似的，许靖轶就没对他家法伺候。

第二天去少年宫上课，盛意决定找到苏以沫，和对方成为拜把子的好兄弟。

毕竟人在江湖，讲的就是“义气”二字，既然都在黑房子里并肩作战过，这层关系自然没有话说。

于是他把整个少年宫上课的教室都转了一圈，最后居然在对面的小提琴2班看到那个熟悉的身影。

瞧瞧，这缘分。

他扒在窗前盯苏以沫盯得一脸激动。

徐磊走过来，奇怪地看了他一眼：“你看啥呢？”

盛意朝他招手，指着教室兴奋地说：“就是那个男孩，昨天和我一起的！”

徐磊看了远处的苏以沫好久，这才十分复杂地说：“盛意，你瞎啊，这是个女的。”

盛意完全不相信道：“你开玩笑呢，看那头短发。”

“女生也可以留短头发呀！”

“开玩笑，只有男孩才留短头发，女孩都是长发短裙，一边哭一边蹦来蹦去的麻烦生物。”直男盛意深受许靖轶的影响，理直气壮地说。

徐磊崩溃：“你看她站在女生的队伍里，她就是个女生。”

盛意这才仔细打量，她确实是站在女生边上，和身旁的一个女孩有说有笑。

“……”

完犊子，真是个女的。

原来她不是像小姑娘，真的是个小姑娘。

他都做了什么。

在小姑娘面前哭，还被一小姑娘给安慰了。

他人也不找了，拉着不明所以的徐磊回到自己班上，老老实实上课思考人生。

但从那天起，他就一直暗暗观察着苏以沫。

挺可爱的，瘦瘦小小，好像不太爱笑，小提琴拉得比他还烂，每天放学是爸妈骑自行车来接。

他还是不敢去找她。

说不出来为什么，就是㞞。

04

期末前一个星期，1 班和 2 班会举办小提琴演奏比赛。

盛意不经意看了眼演出表，苏以沫的名字居然在自己后面。

沉默了一分钟，盛意拿着小提琴跑去老师那里，认真地告诉她自己要“重新做人”。

老师吓得差点把小提琴给丢了。

他确实是有天赋，这段时间也不逃课了，上课练回家练，大晚上许靖轶满脸泪水地追韩国泡沫剧，盛意就在阳台上走火入魔地继续练琴。

要练到最好，让她一听就崇拜地看着他。

时间飞快，心心念念的期末比赛终于来临了。那一天盛意穿着雪白的衬衫，将头发梳得一丝不苟。而在他演奏完一曲精彩的曲子谢幕后，转身片刻，就看见苏以沫难得不复平日里的淡定，此刻紧张得脸都红了。

好可爱。

盛意的脸也红了，措了半天辞，从牙缝里蹦出了两个字：“加油。”

苏以沫郑重地点点头，视死如归地走向舞台。

然后从第一个音开始跑调。

但自带滤镜的盛意觉得，琴音宛若天籁。

还可爱。

出了后台，他笑得脸上开了花似的。

许靖轶以为他是因为得奖开心，没想到自家儿子认真地问：“你觉得我之后的那个女生拉得怎么样？”

许靖轶想了想：“跑调了，没你好。”

盛意没像平日得意地说“当然没我好”这句话，而是非常不悦地对她说：“你这什么审美，她拉得多好听！”

许靖轶：“……”

盛意决定，无论对方是男是女，这个兄弟都拜定了。

但好不容易挨到下个星期他雄赳赳气昂昂提前跑去少年宫的时候，盛意才得知，苏以沫不学了。

看他一脸失望，徐磊抓了把脑袋，随口说：“那个，你也别难过，没准人家隔几个星期或隔几个月就回来了呢。”

盛意双眼又燃起希望的光芒。

是啊，没准她又回来了呢。

不过在她回来之前，他得好好学习小提琴，总有一天，他要让她坐在观众席上，听自己拉上一曲专门献给她的曲子。

嗯，就这么决定了。

05

纵是寻寻觅觅，有缘人终将相见。

她在他心底留下一片涟漪，照亮了他前进的路。这么多年盛意一直不明白他到底怀着怎样的感情去练琴，但他依旧记得微弱灯光下，女孩对他展露的唯一笑容，笑起来就像是繁花盛开的春天，美好得不可思议。

再次相遇是2011年，他十七岁，高二。

“我们不熟。”

教导处门口，女孩狼狈地丢下这句话逃命般跑走。盛意没追，站在后面冲她大声喊：“我叫盛意，‘盛意以江河’的盛意，你可得记住了，千万别忘啊！”

女孩跑得更快，跟躲瘟疫似的。

盛意眯着眼，忍不住浅笑。

她长高了，留了长头发，也更可爱了。

“小姑娘，好久不见。”

我们的故事，才刚刚开始。

图书在版编目（C I P）数据

和你一甜永逸 / 灼灼不停著. -- 北京 : 中国致公出版社，2020
ISBN 978-7-5145-1700-2

Ⅰ. ①和… Ⅱ. ①灼… Ⅲ. ①长篇小说－中国－当代
Ⅳ. ①I247.5

中国版本图书馆CIP数据核字（2020）第175427号

和你一甜永逸 / 灼灼不停 著

出　　版 中国致公出版社
（北京市朝阳区八里庄西里100号住邦2000大厦1号楼西区21层）
出　　品 大鱼文化
发　　行 中国致公出版社（010-66121708）
作品企划 大鱼文化
责任编辑 程　英
特约编辑 陆梦莹
装帧设计 黄小玉
印　　刷 长沙鸿发印务实业有限公司
版　　次 2020年11月第1版
印　　次 2020年11月第1次印刷
开　　本 880mm×1230mm 1/32
印　　张 9.25
字　　数 215千字
书　　号 ISBN 978-7-5145-1700-2
定　　价 36.80元

H E N I Y I —— T I A N Y O N G Y I